その指先で魔法をかけて

金坂理衣子

JN267314

幻冬舎ルチル文庫

CONTENTS ✦目次✦

その指先で魔法をかけて

✦カバーデザイン＝久保宏夏（omochi design）
✦ブックデザイン＝まるか工房

イラスト・神田 猫✦

その指先で魔法をかけて

柔らかな朝の光の中、永瀬真幸《ながせまゆき》は採点を待つ受験生のように神妙な態度で、ダイニングテーブルの横に直立していた。

しかし大学受験のときだって、ここまで緊張はしなかった。それが今は、身体《からだ》が強ばり、唾《つば》を飲むと喉《のど》の奥でくうっと変な音がする。目の前の相手に聞こえたかも、と恥ずかしさに頬《ほお》が熱くなるのを感じて俯《うつむ》くと、冬だというのに汗をかいているのか、眼鏡《めがね》がずれる。それを中指で持ち上げて、視線だけ彼の方に向ける。

席に着いている青年は、真幸ではなくテーブルの上を眺めながら、眉間《みけん》に皺《しわ》を寄せていた。彼の視線の先には、焼き鮭《ざけ》に豆腐《とうふ》とネギの味噌汁《みそしる》に、ほうれん草のごま和《あ》えと温泉玉子。それから、炊きたてのつやぴかしたご飯と香の物。

すべて指示された通りに用意したつもりだが、何か不備があっただろうかと不安が胸に渦巻く。

「あの……なるべくお言いつけ通りに用意したつもりなんですが、お気に召《め》しませんか？」

「いや、すげえ理想的な朝食だなと思って」

真幸の不安げな様子に気付いてか、顔をこちらに向けて破顔する。彼の言葉と人なつこさを感じる表情に、ほんの少し肩の力が抜けた。

でも、こういうのを目力があるというのだろう、印象的な瞳で見つめられると気持ちが落ち着かず心拍数が上がる。

――自分と同じく、目が二つで鼻と口が一つずつの顔なのに、どうしてこうも違うのか。あんまりじろじろ見ては失礼だと思うのに、つい彼の端正な容姿に目が釘付《くぎづ》けになってしまう。

とはいえ、正面から見つめる勇気などなく、俯き加減に盗み見るだけ。

鼻梁《びりょう》の通った鼻は高すぎず低すぎず。すっきりとした形のいい眉が、大きな瞳をさらに印象深く際立たせている。髪型も、少し明るめに染めた髪を起き抜けに手櫛《てぐし》で整えただけだろうに、そのまま出かけて何の違和感もないほど決まっていた。服装は、大きめのセーターに細めのダメージジーンズ。最近の流行なのか街中でよく見かけるが、下手《へた》をすればだらしなく見える格好。だけど、彼にはとても似合っている。

彼のあまりの完璧さに、ほんの一瞬ぼうっとなった真幸だったが、そんな場合ではなかった。気を引き締めて顔を上げると、不思議そうな眼差《まなざ》しで見つめられる。

「あんたも座んなよ。飯、まだなんだろ？」

料理に箸《はし》をつけようとしないのは、何か気にくわない点があるからかと思いきや、真幸が席に着くのを待っていたらしい。

「え？　ご一緒していいんですか！」

意外な一言に、思わず目を見開く。自分の分も作ったけれど、一緒に食べるなんてことは想定していなかったが、相手は真幸の答えが予想外で驚いたようだ。

「何でわざわざ別に食うんだよ」

おかしな奴《やつ》だと破顔する、そんな表情も見とれるほど格好いい。

だが、ぼうっとしている暇はない。これ以上待たせては悪いと、急いで自分の茶碗《ちゃわん》を手に取る。

ここに住居を構えてから四年。このダイニングで誰かと一緒に朝食を取る日を、ずっと心に思い描いてきた。その向かい合う誰かが、今までの人生で関わり合ったこともないほど格好いい人だなんて。

真幸は子供の頃から空想家だったが、想像の中でだってここまでの高望みはしたことがない。予想外の展開に緊張して、ご飯をよそう手が震える。

——だけどこれは所詮、夢のようなもの。

ほんの一時、現実を忘れて楽しむつもりで肩の力を抜き、何とか茶碗を取り落とさずにご飯を盛れた。

「んじゃ、いただきます」

真幸が席に着くと、彼は行儀よく手を合わせてから箸を手に取る。真幸もそれに倣って、いただきますと小さく口に出して頭を下げた。

自分も食事しながら、相手を盗み見る。彼は焼き鮭の小骨を手際よく避《よ》け、ご飯の上に乗せてわしわし嚙《か》みしめると、続いて味噌汁に口をつける。

「……味は、いかがでしょうか？」

無言で食べ続ける相手に、真幸は恐る恐る訊《たず》ねた。食事中に話しかけてよいものか躊躇《ちゅうちょ》したが、今後の参考に味付けの好みを知っておきたかったから。

「美味《うま》い。あんた料理上手《じょうず》なんだな」

「そんなこと……でも、お気に召していただけたなら、よかったです」

ただのお世辞でないことは、彼の箸の進みの早さが教えてくれる。

本当に美味《おい》しく食べてくれているのだと喜びで胸が一杯になって、自分の食事はろくに喉を通らない。それでも、不審がられないよう料理を頬ばり、懸命に咀嚼《そしゃく》して飲み下す。

正直なところ、味などほとんど分からなかったが、相手のペースに合わせて何とか無事に茶碗を空にすることができた。

「おかわりはいかがですか？」

「ん、いや。もういい。ごちそうさまでした。それより……お茶くれる？」

「すみません！　気がつきませんで。あ、お茶は緑茶とほうじ茶のどちらがお好きですか？」

遠慮がちに催促されて、あたふたと立ち上がり急須を手に訊ねる。

「どっちも好きだけど、朝は緑茶かな」

「分かりました。覚えておきます」

お茶を用意しつつ、タブレット端末にメモを取る。今度は言われなくても用意しよう。

――この人の好みは、すべて把握しなければならない。

後で他の好みも訊《き》いておこうと、それも忘れないよう書き留める。

「あんたはこれから会社だろ。時間、大丈夫か？」

「あ……そろそろ出ないと、まずいです」

真幸は自分の職業について話してはいなかったが、平日の朝にYシャツにズボンを身につけていれば、これから出勤のサラリーマンと推測できるだろう。

彼の店は火曜日が定休日だそうで、今日は休み。一日のんびりしたいと言っていた。

「食器はそのままにしておいてください。ご自宅に戻られるのでしたら、合い鍵を置いていきますので施錠をお願いしますね。帰宅は六時頃になると思いますが、夕飯は何にしましょう？」

「あんたの得意料理は？」

「私の得意なもの、ですか……」

コロッケにハンバーグに餃子《ギョーザ》に……自分が好きでよく作る料理を羅列していくと、その中のどれか、というざっくりしたリクエストをされる。

「特に嫌いな物はないし、あんた料理上手だから、任せる」

「わ、分かりました！　それでは、帰るまでに考えておきますね」

楽しみにしとく、と笑う彼の笑顔が眩《まぶ》しくて目がしぱしぱする。これ以上見ていたら、視

神経がやられそうだ。そんなこと物理的にあり得ないと思うが、心理状態が身体に与える影響は馬鹿にできない。それに、そろそろ家を出ないと本当に遅刻してしまう。

一月の朝の寒さは、外へ出るだけでも覚悟がいる。ダウンジャケットを着込んでマフラーを巻き、手袋も着用して完全防寒する。

そんな真幸を、彼は何か物言いたげに見ていた。

「あの……何か?」

食べたい料理を思いついたのかと問うてみたが、ふいっと目をそらされる。

「んー、いや。会社、遅れるぞ」

「じゃあ、あの……い、いってきます」

「ああ。いってらっしゃい」

何やらすっきりしない雰囲気が気にかかったが、それでも笑顔で送り出してくれる彼に、真幸は一礼して部屋を後にした。

葉を落とした街路樹の枝を、冷たい北風が揺らす。

駅へと続く道を、真幸はいつもなら寒さにすくみ上がりながら通勤するのだが、気持ちが晴れやかだと足取りも軽くなる。

「『いってらっしゃい』だって……」

寒さではなく、くすぐったさに首をすくめてしまう。

出かける際に、そんな言葉で送り出して貰《もら》うのも夢だった。小さな願いだが、思いがけず叶《かな》うと、とても大きな幸せに感じた。

朝から、いや、昨夜からずっと自分の空想の世界に迷い込んでしまったみたいで、心も身体も浮き立ってふわふわしている気がする。

去年の暮れからずっと悩んでいた暗い心に、ようやく一条の光が差し込んだのだ。多少浮かれてしまっても仕方ないだろう。

その光を確かめるみたいに、真幸はついさっき出てきた四〇五号室の窓を見上げる。

あんなに素敵な人が自分の部屋にいるなんて、現実か疑わしくてもう一度確かめに戻りたくなる。

眩しいくらいに格好いい。あの人が、これから自分の『恋人』――。

「あっ！」

大切なことを忘れていたのに気付いた真幸は、つい大きな声を出してしまった。恥ずかしさに口元を押さえて辺りを見回すと、幸い周りに人はいなかった。

安堵《あんど》したのもつかの間、自分の愚かさに打ちのめされる。

「……あの人の、名前を聞くの忘れてるよ……」

いつも肝心なところが抜けている、自分の愚かさが質量を持ってのしかかってきたかのようで、真幸は深々と肩を落とす。

思わず漏れた大きなため息は、綿菓子みたいに白く広がり、真幸の眼鏡を盛大に曇らせた。

四〇五号室に一人残された藤原滉一《ふじわらこういち》は、のんびり緑茶を飲み終えると、大きく背伸びして辺りを見回した。

「さてと、腹も一杯になったことだし……あいつは誰で、何で俺はここにいるのかを思い出さなきゃな」

記憶が吹っ飛ぶほど酔っ払った翌朝、見知らぬ男の部屋で目を覚ましたにしては悠長な態度だ、と滉一自身も思う。

さっきは相手のあまりにも緊張した態度につい話を合わせてしまったが、実のところ滉一は、彼のことも自分が何故《なぜ》ここにいるのかも、まったく覚えていなかった。

室内の様子から自分の住んでいるマンションの一室だろうとは分かるが、どういう経緯でこの部屋に来て、朝食までごちそうになったのか。しかもどうしてそれが、自分にとって『理想的な朝食』だったのか。

焼き魚に味噌汁は分かるが、滉一の好物の温泉玉子は定番とは言いがたい。定番ではないといえば、彼だってそうだ。

「あれをナンパするとか、ないよなぁ……」

滉一の好みは、服装のセンスがよく、小柄で適度に抱き心地の良さを感じる体格に、意志の強さが一目で見て取れるほど勝ち気な――男性。

着飾った女性の美しさを鑑賞するのは好きだが、恋愛対象としてはこれっぽっちも心が動かないし、身体も反応しない。

今まで付き合った相手はすべて眉目秀麗《びもくしゅうれい》でセンス抜群な男性で、冴《さ》えないオタク君など一夜限りの遊び相手としても論外だ。

さっきの彼は、見たところ二十代後半。体格はやせ気味で、身長は自分より少し低いようだったので一七〇センチちょっとくらいか。大きめのメタルフレーム眼鏡に掛かる、うっとうしほど長い前髪越しにおどおどと滉一の様子を窺《うかが》っていた姿は、コントなどで演じられる内気なオタクそのもの。好みにかすりもしない。

しかしよくよく思い返してみれば、顔立ちはそう悪くなかった。野暮ったい眼鏡に遮られていた目は、長い睫《まつげ》に縁取られたくっきり二重。すっきりした鼻筋と薄い唇《くちびる》は均整が取れていて、目を惹く派手さはないが十分に整った顔立ちといえるだろう。

けれども、所々に若白髪《わかしらが》が混じったぼさぼさの髪と、センスの欠片《かけら》もない服装のインパクトが、すべてをぶちこわしていた。

ダークグレーのスーツとネイビーのネクタイは、無難な取り合わせで問題はない。でも、その上にカーキのダウンジャケットを着込み、白いマフラーに赤い手袋を装備されたときには、目が点になった。

コーディネートし直したい気持ちを、遅刻させてはマズいとぐっと堪《こら》えて見送った。

あんな服装の男と、付き合うどころか並んで歩くのさえ恥ずかしい。

滉一は、二十歳《はたち》から大手の美容室で経験を積み、二十五歳で独立した美容師だった。職業柄、自分の容姿に気を配っているし、付き合う相手にもそれなりの容姿を求める。

まだ開業してから二年だが、前の店からの馴染《なじ》み客が来てくれたり、店が雑誌に取り上げられたこともあって仕事は順調。さらに、年末年始は年越しに正月に成人式、と美容師の出番が目白押しなイベント続きで、休む間もなく働きづめだった。

一月も半ば過ぎになって、ようやく丸一日休みが取れることになった。

ほぼ一ヵ月振りの休日を前にして、滉一は久しぶりに外で酒を飲んだ。酔った勢いで、たまにはこんな毛色の変わった男を相手にするのも悪くない、と思ったのかもしれない。

それでも今朝の雰囲気に、一夜を共にしたという甘い余韻はなかった。

「えーっと、待てよ。昨日は確か好みじゃないのに言い寄られて……一人で帰ったよな？」

誰に話すわけでもないが、あやふやな記憶を声に出して呼び起こす。

昨夜は出会いを求めて行きつけのゲイバーに行ってみたが、声をかけたくなるような相手には巡り会えず。仕方なくマスター相手に飲んでいた。

そこで、見るからに傷んだ枝毛だらけの金髪頭の青年に口説《くど》かれた。容姿の方は平均点以上だったが、髪の手入れが悪い男は願い下げだ。以前に一度だけ、顔と体格の良さに惹かれて髪の傷みに目をつぶって誘いに乗ったことがある。でも最中に触れた髪のあまり指通りの悪さに幻滅し、中折れしてしまった。それ以来、髪については妥協しないことにしている。

しかし向こうはやけに強引で、腕を絡め下腹部にまで手を伸ばしてきた。

『あなたって、ドSって感じだよね』なんて、ハードなプレイを期待した熱い眼差しでねっとり見つめられたが、冗談じゃない。滉一は少々釣《つ》り眉《まゆ》なのと、歯に衣着せぬ物言いのせいできつく見られがちだが、わがままな小悪魔をトロトロに甘やかすのが好きなのだ。

そこで金髪青年には言葉巧みに酒を飲ませて、酔っ払った隙《すき》を突《つ》いて逃げ出した。しかし、自分の方も相当酔ってしまった。

何とか無事に自宅マンションまで帰り着いたが、部屋の鍵が合わない。扉の前で苛立《いらだ》ちにガチャガチャ派手な音を立てて鍵穴と格闘していると、中から扉が開いて恐る恐る顔を出したのが、さっきの青年――。

「そうだ！　思い出した。永瀬真幸！」

おまえは誰だ、俺の部屋で何をしていると息巻く滉一に、青年は扉の陰から、この部屋の住人で永瀬真幸ですと名乗った。

ここはマンション四階の四〇五号。滉一の部屋は五階の五〇五号。つまり滉一はエレベーターのボタンを押し違え、階を間違ったのだ。

自分のマヌケさに脱力して一気に酔いが回ったのか、その場に座り込んでしまった滉一を、真幸は部屋へ招き入れ介抱してくれた。

そこは、自分の部屋と同じとはとても思えない空間だった。

リビングダイニングには、ダイニングテーブルに二人がけのソファとローテーブル。クリーム色のカーテンの掛かった窓際には、冬を忘れさせるフェイクグリーンの観葉植物。部屋の隅には、新聞や雑誌がそれぞれ収納ボックスにしまわれ、適度な生活感と清潔感が心地よい空間を作り出していた。

一人暮らしの男の部屋とはとても思えず、妻か彼女がいるのだろうと、十二時過ぎという遅い時間を考慮してさっさとお暇《いとま》しようとした。だが、一人暮らしだから気にしなくていいと言われた。さらに座り心地のよいソファと、真幸の淹《い》れてくれたいい香りの紅茶にすっかり腰を落ち着けてしまった。そのまま何となく、酔い覚ましと部屋を間違った照れ隠しに、ここまで酔った理由を話した。

仕事が忙しくて久しぶりに飲んだこと。悪酔いしたのは、好みから外れる男に口説かれて不快だったせい。そう話すと、隣り合わせにソファに座っていた真幸が、目を輝かせて食いついてきた。

「あの！　それでは、あなたの恋愛対象は男性ということですか？」

「あんたお堅そうなのに、こういう話に興味あんの？」

同性愛者のことを、興味本位で知りたがる輩《やから》は多い。だが真幸は好奇心というには切実で、真剣な様子だった。

「はい。大変興味があると申しますか、今一番の関心事なんです」

縋《すが》り付くような目、というより実際腕に縋り付かれて見つめられ、大体の察しがついた。

「好きな男ができたわけか」

「はい。いえ、あの……好きかどうかもよく分からないといいますか……非常に不確かな状況でして」

この年まで自分の性指向に疑問を持たずにきたのだとしたら、この混乱も納得できる。自分自身の心を探るみたいに口ごもる真幸を、急《せ》かすことなくじっと待つ。

物心ついたときから男が好きだった滉一だって、自分が男にしか性的な興味を持てないと気付いたときには、少なからず悩んだものだ。

小学生の頃までは、周りの友達も女子の相手などせず、男同士でサッカーやゲームをして遊んでいたから気に留めていなかった。

しかし、中学生ともなれば、仲間内で好きな女の子の話題が出てくる。

友達に初恋の相手を問われた滉一は、その場は周りに話を合わせて、同じ幼稚園に通っていた、いつもきれいな髪を編み込みにしていた女の子の名前を挙げた。だけど、その子のことを『可愛《かわい》い』とは感じたが、それだけ。向かいの家の、頭にリボンをつけたプードルに抱くのと大差ない感情でしかなかった。

一緒にいるだけでドキドキして、しょげた顔が見たくて意地悪を言ったりするくせに、誰かにいじめられていれば飛んでいって庇《かば》ったのは、小学一年生のときのクラスメイトの男の子。女の子相手にそんな気持ちになったことはない。

こんな自分はおかしいのではと思い悩んだ滉一は、父親に相談をしてみた。

普段から仲がよくて何でも話せた父親は、好きな女の子くらいそのうち嫌でもできるさ、と笑い飛ばした。

——だがその時は、いつまで経ってもくることはなかった。

思わず自分の過去に想いを馳《は》せてしまったが、その間も真幸は悩み続けていた。

ただ待っていたのでは先へ進みそうにないと判断した滉一は、それらしい話を振ってみる。

「何か切っ掛けになるようなことがあった？」

「夢を……見たんです。それからずっと、その人のことが頭から離れなくって……」

滉一に促され、真幸はようやく話し始めたが、真幸は口下手なのかどうも要領を得ない。

さらに自分から探っていく。

「夢？　夢ってのは、そのー、夢みたいに理想的な相手に出会ったってことか？」

「いいえ。夜に見る、夢の方です。夢には無意識の深層心理が浮上するといいますから、その夢が私の密かな願望の発露ではないかと……」

「何？　男と、セックスする夢でも見た？」

同性と性的関係を持つ夢は、異性愛者でもあると聞く。しかし、こんな真面目《まじめ》そうな男がそんな夢を、と思うと意外で滉一の方が興味津々《しんしん》になって身を乗り出した。

「そんなっ！　そんな……あからさまでは……でも、あの……と、とにかく！　その夢を見てから、ずっと悩んでいるわけです」

「ずっとって、いつから？」

「去年の十一月二十三日からです」

はっきりと日付まで覚えているくらい、インパクトのある夢だったのか。それから今日まで、一人で悶々《もんもん》と悩んでいたらしい。

唇を結び、戸惑いに潤む大きな瞳でじっと見つめられると、その頼りなげな様子に保護欲をかき立てられるのか、心がざわめく。

恋愛相談なら、仕事中にお客から何度も受けてきた。無難で当たり障《さわ》りのないアドバイスくらいすらすら出てくるはずなのに、適当にあしらうことが躊躇《ためら》われる。

「女と付き合ったことはあんのか？」

「はい……一応は」

なんだか恋愛慣れしていない、というよりぶっちゃけ童貞だろうと思いつつも訊ねてみると、意外な答えが返ってきた。でもそれなら、そんなに深刻に考えるほどの問題じゃない。

「だったら簡単だ。女なんかより、男の方がずっと付き合いやすいって」

「簡単ってそんな……。女性とも、振られたり自然消滅したりで長続きしたことがないんです。だから自分は本来、男性が好きなのではないかと思ったんですが、それも確信が持てなくて」

「じゃ、一回やってみりゃいいじゃん」

「やるって、何をです？　……あっ、も、もしかして、そのセッ、あの……エッチ……って、ことですか？」

今時『セックス』と口に出すのを憚《はばか》るような成人男性が、未《いま》だ地球上に生存していたとは驚く。涅一は思わず吹き出しそうになったのを、何とか堪えて話を続ける。

「他に何すんだよ」

「そんないきなりじゃなく、もっとソフトに段階を踏むといいますか……上手《うま》い方法はないでしょうか？」

これがゲイ仲間の恋愛相談なら、酔わせてホテルに連れ込んで、寝かせて勃《た》たせて乗っかっちまえと言えるのだが、こんなお堅くて自分がゲイかも確信が持てずにいるような男相手にはそうもいかない。

どう言えばいいか考え込んで黙り込むと、お願いだから相談に乗ってくださいと懇願される。

「二十五年間、男性にそういった意味で好意を持ったことはありませんでした。だけど、あの人だけは……私の仕事を認めてくれて、とても親切にしてくれるんです」

「ということは、職場とか仕事の関係者か」

職場の人間にゲイとバレれば、下手をすると職場にいられなくなる。それでも諦めきれないとは、相当惚《ほ》れ込んでしまっているのだろう。

「どんな奴よ？　同僚？」

面倒なことに首を突っ込まない方がいいと思いながらも、つい好奇心に負けて訊ねると、去年の秋頃に離婚した子なしバツイチの上司だという。仕事には厳しいが普段は優しくてとってもいい人なんです、と夢見るように蕩《とろ》ける瞳で語られて、これは恋をしていると確信する。

「結婚してたってことはノーマルなんだろうから、難しいと思うぞ」

「でも、離婚したし『女は分からん。結婚なんてもうこりごり』っておっしゃってたんです！　希望がなくはないと思いませんか？」

「それは……どうかなぁ……」

「あんな人は初めてなんです。できればプライベートなお付き合いをお願いしたいのですが、如何《いかん》せん男性との恋愛経験などまったくないものですから、どうアプローチすればいいのか見当もつかなくて……」

結婚に失敗したからといって、単純に男に走る男はそういない。けれど、切実に思い詰めている真幸の様子を目にして、見込みなし！　とばっさり切り捨ててしまうことはできなかった。

この真面目で思い込みが強そうな真幸を、どうやって諦めさせるか考えていると、一際強く腕を掴《つか》まれ、意を決した表情で見つめられる。

「まずは、男の方とはどのようにお付き合いすればいいのか、ご教示願えませんでしょうか？」

「ご教示って……は？　俺が？　あんたに？」

「はい！　これも何かの縁と思って。教えるなんて深刻に考えていただかなくても、恋人の振りというか……おままごとみたいに、真似《まね》でいいから『恋人ごっこ』をしてください！」

「『恋人ごっこ』って……」

お願いします、と何度も深々と頭を下げる真幸に困惑する。

しかし、自分に自信が持てず男の口説き方も知らない男を磨き上げる、それはなかなか面白そうなゲームに思えた。

人の恋路などどうでもいいが、仕事ばかりで潤いのない生活の暇つぶしにくらいはなるだろう。

教えてくれるなら授業料を払うという真幸に、金銭のやり取りは気が引けたので、家事をして欲しいと提案した。

そしてまずは手始めに自分好みの朝食をリクエストし、ベッドを使ってくれという真幸を無視してソファで毛布にくるまった。

――そして、記憶がぶっ飛ぶほど快眠した。

「んー、何か今、すっごいラッキーな状況？」

昨夜の出来事を思い出すと、夢のように素晴らしい事態に思えた。

この整理整頓された部屋とさっきの朝食から、真幸の家事の腕前はかなりのものだと分かる。彼がいてくれれば、忙しさにかまけて部屋は散らかり放題、食事はコンビニ弁当や外食ばかりの荒《すさ》んだ生活から解放されるだろう。

でも簡単に引き受けたのはいいが、『恋人ごっこ』だなんて、具体的には何をすればいいのか見当がつかない。

「……ま、適当にやりゃあいいか」

所詮は他人の恋愛。どうなろうと知ったことではない。ほんの数秒で考えを放棄する。

取りあえず今は、この居心地のいい部屋で久しぶりの休日を満喫させて貰おうと、滉一はリビングのソファに寝転んだ。

真幸の務める『サーチアイソフト』は、二十階建てのテナントビルの十二階にある。

業務内容は、顧客のニーズに合わせてパソコンソフトを開発する、ソフトウェアのパッケージ開発。

ＩＴ関係の仕事というと、パソコンに向かって作業しているだけと思われがちだが、パッケージソフトの開発には顧客と向き合い、チームで連携を取らないとできない仕事の方が多い。

今、真幸が担当しているのは、卸業者向けの販売管理システム。営業が持ち歩く端末機と、社内の基幹システムを連携させるためのソフトだった。

この仕事をまとめるプロジェクトマネージャーは、久保田《くぼた》啓二《けいじ》。

真幸の心を占めている人だ。

久保田は三十四歳だが、大学時代からここでバイトをしていてそのまま入社したため、社内ではすでに古参扱い。特にスポーツはしていないそうだが、がっしりとした体格に彫りが深めのはっきりとした顔立ちが自信ありげに見える。

真幸が顧客にデータを並べて説明するより、この人が笑顔で「お任せください」と一言いった方が話がスムーズにいったりする。

『はったり野郎』なんて陰口を叩《たた》く社員もいるが、自分に自信の持てない真幸には眩しい存在で、頼りにしていた。

それに久保田は口だけではなく、連日泊まり込んででも受けた仕事は必ず納期に間に合わせる。久保田の机の下には寝袋があり、ほとんど社内に住み着いているとまで言われていた。奥さんに逃げられたのは、これが原因と噂《うわさ》されているのも納得できる。

各自が仕事に集中できるよう、パーティションで簡易個室のように区切られたオフィスを、久保田の席へと進む。

「おはようございます。久保田さん」

「おう」

タブレット端末のモニターから目も離さずに短く挨拶を返す久保田は、また昨日も泊まりだったのか、うっすら無精ヒゲを生やしている。

そんなだらしない様も、ヒゲとも呼べない細い毛がひょろひょろ生えるだけの真幸には、男らしくてうらやましく思えた。

今はまだそんなに急ぎの仕事はないはずなのに、何をしているのかとこっそりモニターを覗《のぞ》き込むと、久保田は私物の端末で趣味のプラモデルに関するサイトを見ていた。

ただ単に、帰るのが面倒だったから会社に泊まっただけらしい。

「どうかしたのか？」

うちに連れ帰ってお風呂《ふろ》に入れて食事をさせて、あのヒゲも自分が剃《そ》ってあげたい——なんて、空想体質の真幸がうっかりその場で妄想していると、挨拶《あいさつ》を終えても立ち去らない真幸に不審を覚えたのか、久保田が顔を上げた。

目が合うと、心臓が飛び跳ねるほどびくついてしまう。あの夢を見て以来、ずっとこんな感じで、視線を合わせるのは極力避けてきた。それでも姿は見たくって、物陰から窺ったり。そんなことをくり返していた。

でも、もうそんな不毛な日々は終わらせなければ。意を決して、目をそらすことなく見つめ返す。

「いえ、何も問題はないです。ですから、今日は定時で上がらせてもらいます」

会社の勤務時間は、基本的には九時から五時までになっているが、実体はまったく違う。予定の仕事量が終わらなければ、残業が当たり前になっている。

真幸の仕事は、すでに顧客との打ち合わせもシステムの詳細設定も終わり、今はひたすらプログラムを打ち込む段階に入っていた。

支障なくプログラムが動くかチェックする、総合テストまでにはまだ時間がある。問題が発生して進行が遅れれば、その時は休日も出勤して徹夜で作業すればいい。

とはいえ、他のプロジェクトを担当している社員の中には、今現在、泊まり込みで作業している者もいる。定時で帰れる余裕があるなら、そちらのサポートに回れという空気があってなかなか帰りづらい。そのため、一応断りを入れておくことにした。

「どこかに出かけるのか？　誰かと会うとか？」

定時に帰るというだけのことに、何故か鋭い口調と探るような視線を向けられ、一瞬怯《ひる》む。

「はい。その、そうです」

「誰と会うんだ？」

こんな風にプライベートについて聞かれることは以前にはなかったし、他の部下にもしない。だから、自分だけが特別気にかけて貰っていると思えて、胸がときめく。

仕事をがんばっているから認めて貰えただけなのだとしても、嬉《うれ》しい。

――それ以外に理由があったとしたら、もっと嬉しいのに。

またも現実を離れて物思いにふけってしまい、訝《いぶか》しげな視線を向けられる。

「永瀬？」

「あっ、あの、同じマンションの方と知り合いになって、その人と一緒に夕食をと約束をしたもので」

毎日一緒に夕食を取るのは難しいだろうけれど、初日くらいは一緒に食べたい。

彼のことは、五〇五号室に住んでいて、美容院の店長さんとしか知らないが、『恋人ごっこ』だなんて突飛な願いを聞いてくれたくらいだから、優しい人なのだろう。見た目が格好いいだけじゃなく、性格までいいとは、なんて素敵な人なんだと感嘆してしまう。

この恩に報いるべく、彼の食の好みや家事をする際の注意点をきちんと訊いて、精一杯お世話をしたい。

「そういうわけですので、残業は……」

「そうか。ご近所付き合いは大切だからな」

うんうんと頷《うなず》きながら微笑《ほほえ》まれると、自分の行動を認めてくれているようで嬉しくなる。

しっかり『恋人ごっこ』で男同士のお付き合いのマナーを身につけ、いつかこの人のお世話ができるようになりたい。なんて、またも夢想にふけりそうになる自分の意識を、現実に引き戻す。

「その分、明日は早めに出ますから」

「ちゃんと予定通りに進めてくれてるんだから、無理しなくていいぞ」

気遣う言葉をかけられると、血圧が急上昇するのか足がふわりと浮いたような気分になって、これが天にも昇る気持ちというやつか、なんて恋する幸せを噛みしめる。

しかしせっかくの天上の至福も、二年先輩の山中崇《やまなかたかし》の出現で台無しになった。

「久保田さん。モジュールのリファクタリング、終わりました」

いい雰囲気をぶちこわされた不快感も、徹夜で作業したのか目の下にクマを作り、脂《あぶら》でおでこをてからせた山中の憔悴《しょうすい》した姿に萎《しぼ》んでいく。

お疲れ様ですと頭を下げる真幸をよそに、久保田は山中を労《ねぎら》うどころか怒鳴りつけた。

「昨日のうちに終わらせとけって言った仕事だろ。後がつかえてるんだ。拡張性だの汎用性だのにこだわってないで、コピペでいいからとっととすませろ！」

さっきまで真幸に向けてくれた笑顔はどこへやら、厳しい表情でバグが出なけりゃそれでいいんだ、と息巻く久保田に、よほど切迫した状況なのかと心配になった。

「あの、急ぎの仕事でしたら手伝いますけど」

「いや、いいんだ、いいんだ。永瀬の手を煩わすほどのプログラムじゃない」

提案を即座に久保田に遮られ、帰りが遅くならずにすんで正直なところ安堵したが、肩を落として自分のデスクへと戻る山中のことが気になる。すでに興味を端末のモニター画面へと戻してしまった久保田に一礼し、真幸は山中の後を追った。

「山中さん、本当に手伝わなくて大丈夫ですか？」

「ああ、いいよ。なるべくシンプルにしようとがんばってみたけど、コピペでいいって言うんだから、そうさせて貰う」

リファクタリングは、すでに動いているプログラムの中身を書き換えて修正するので、下手なことをすると、動いていたプログラムがバグを引き起こして動かなくなる危険を伴う。だから慎重に行わなければならないのに、こんな投げやりな態度では心配になってしまう。

シンプルなソースは、誰が見ても分かりやすいのでメンテナンスがしやすい。お客様に提供する商品は、ただ動くというだけでなく使い勝手がよいに越したことはないのに。

それに何より、バグさえ出なければベタ書きで長いソースコードでもいいという姿勢は、『ソースコードはシンプルなほど美しい』という真幸の信条に反する。

しかし、他人の仕事にこれ以上口を挟むことは憚られる。せめてもと、山中の眠気覚ましのコーヒーに付き合うことにした。

社内は原則飲食禁止だが、休憩スペースにはコーヒーサーバーがあり、その場での飲食は許されている。

真幸は出社早々に休憩することに罪悪感を覚えつつ、設置されている合皮のソファに山中と並んで腰を下ろす。その途端、山中の口から愚痴《ぐち》がとうとうと流れ出した。

顧客からの仕様変更でどんどん予定が狂っているそうで、山中は今月に入ってこれで五日も泊まり込んでいるという。

「好きで泊まり込んでる久保田さんと、一緒にしないで欲しいよねー。寝袋まで持ち込んでキャンプ気分か知らないけど、あんなだから奥さんにも逃げられるんだよ」

人に厳しく自分に甘い、あの性格でよく結婚できたもんだと毒づく。寝不足で理性が緩んでいるのか、山中の話は愚痴というよりただの悪口になってきた。

しかし、久保田の話ならどんなことでも聞きたい真幸は、話に乗る振りで質問してみた。

「久保田さんの離婚原因って、やっぱり家に帰らなさすぎたせいなんでしょうか？」

「さあねぇ。家でもあの調子で威張り散らしてたとしたら、逃げられて当然だよ。――けど、最近の久保田さんって、永瀬には甘いよな」

何か弱みでも握った？　と冗談めかしてだが本気の隠れた表情で探られる。とんだ誤解だが、それでも端から見ても自分が特別扱いされていると思うと、ただの自意識過剰ではなかったと分かって嬉しくなる。

「そんな風に見えますか？」

「ま、ＣとＣ＋＋とＣ＃にＪａｖａにＣＯＢＯＬまで使える永瀬と、Ｃ＋＋とＪａｖａで手一杯の俺を比べるのがどうかしてるかー」

自虐する山中にどう答えていいか分からず、真幸は愛想《あいそ》笑いを浮かべるしかなかった。

プログラミング言語には、複数の種類がある。当然、扱える言語が多い方が仕事の幅が増えて重宝される。そう分かっていても、社会人になってからでは勉強する時間はなかなか取れない。

真幸は学生時代、単に面白そうだからとあれもこれもと手を出しただけだったのだが、それが社会に出てから役立ってくれて助かった。

あの頃は、友人や先輩達といろんなプログラムを組んだりして、本当に楽しかった。

先日も、大学時代の先輩に誘われて飲みに行って、そんな話をしたばかりだ。

大野《おおの》先輩は関西の企業に就職したが、去年の秋頃にこちらへ転勤で帰ってきて、それ以来ちょくちょく飲みに誘ってくれる。学生時代の勉強や友人の大切さを、社会人になって改めて実感した。

「今更言っても仕方ないし、できることをするしかないよな」

ついぼんやり感慨にふけってしまったが、山中は愚痴とカフェインで少しはすっきりしたのか、仕事に戻る体勢に入った。

真幸もそれに従い立ち上がる。自分より久保田と付き合いの長い山中でも、久保田の離婚の原因について知らなかったことにがっかりしたが、恋に浮かれて仕事を疎かにするわけにはいかない。

『恋人ごっこ』を引き受けてくれた親切な五〇五号室の彼の家事も、しっかりとやらなければ。

仕事に家事に恋愛に――。

「忙しくなるぞ!」

山中には聞こえないよう小さな声で、自分自身に言い聞かせて奮起する。

元々色恋には疎い上に、同性との付き合い方など考えたこともなくて、何をどうすればいいのかも分からず身動きが取れなかった。悩みに囚《とら》われると、考え込みすぎてなかなか行動に移せないのが真幸の悪いところだ。

でも思いがけず導き手が現れ、賽《さい》は投げられた。

真幸は背筋を伸ばし、まずは仕事に取りかかろうと、自分のデスクへと向かった。

定時に退社した真幸は、帰りに駅近くのスーパーへ寄ってメニューを考えながら店内をうろついてみた。だが特にお買い得な食材もなく、無難にハンバーグにすることにした。

普段より沢山の買い物をした、その荷物の重みが充実の証《あかし》のようで、なんだか嬉しい。

「ん？」

マンションが見える位置まで帰り着き、ふと見上げた自分の部屋に明かりが灯《とも》っているのに気付く。彼が明かりをつけたまま家に帰ってしまったのか、とそのまま視線を上へと移してみれば、上階の窓は真っ暗だった。

「――まずい！」

時計を見るとまだ時刻は六時前だったが、お腹《なか》が空《す》いて真幸の帰りを待ちわびて部屋に来たのかもしれない。真幸は大慌てでマンション目指して走り出した。

「おかえりー。早かったな」

言葉も発せられないほど息切れしながらリビングへ飛び込むと、のんびりした声に迎えられる。

「た……ただい、ま……戻り、ました……」

「走って帰ってきたのか？」

明かりの灯る家へ帰ることも夢だったのだが、そんな幸せを噛みしめる余裕もなくゼーゼー肩で息をしてしまう。そんな真幸に、ソファから立ち上がった彼は、真幸が手にしている買い物袋を受け取り、自分で持ち込んだらしいペットボトルのお茶を勧めてくれた。

ありがたく一口いただいて、呼吸を整える。

「あ、ありがとうございます」

「大丈夫？　んじゃ、改めて、おかえり——」

優しく頭を撫《な》でてくれる、その優しい手をとても心地よいと感じる。そのまま引き寄せられ、端正な顔が一気に近づいてくるのに気付き、真幸は反射的に相手の胸を押し戻した。

「なっ！　何ですか？」

「何って、おかえりのキス」

「え？　な、何で……」

「え？　って？『恋人ごっこ』って、こういうことするんじゃないの？」

真幸に負けず劣らず驚いた表情の相手の言葉に、そういうことかと納得しつつ、慌てて誤解だと否定する。

「男性とお付き合いする上での注意点や、効果的な方法をお教えいただきたいんです！」

『恋人ごっこ』というのは、初めて出会えた相談に乗って貰えそうな相手を逃したくなくて、とっさに出た言葉。

おままごとで本当の食事が出てきたくらいに驚いた、とまだばくばくいっている胸を押さ

える真幸に、彼は不満げに口を尖《とが》らせた。

「なーんだ。ホントにごっこ遊びでいいの」

「はい。ただ男性同士ならではの付き合い方や、基礎知識を知りたいだけですから」

「相手がネコかタチか……男役か女役かの見分け方とかを？　それは結構難しいぞ」

ムキムキの兄貴系がベッドではメス化することもあるし、なんて言われ、奥が深そうな世界に足を踏み込んでしまったと今更ながらに思う。

「そんなこともあるんですか……どちらが女性パートになるか、ということまで問題になるんですね……」

久保田の方が年上だし体格もいいので、付き合うとしたら自分が女役だろうと漠然と考えていた真幸には、衝撃的な話だった。

「まあ、そんなに深刻に考えなくても。真幸が男との付き合いを学ぶために、俺は普通に真幸のことを恋人扱いするってことで、いい？」

付き合いながら、少しずつ勉強していけばいい。深刻に考え込んでしまった真幸の気分を引き立てるように、滉一は明るく提案してくれた。

なんて人の気持ちをくみ取って引き立てるのが上手い人だろう、と感激してしまう。

真幸は普段、人の気持ちに気付かず暴走して引かれてしまうことが多い。でもこの人の言う通りにすれば、すべて上手くいくはず。

一筋の光に見えた彼の存在が、後光を放って見えた。

「えっと、すみません。今更で申し訳ないんですが……あなたの、お名前を……」

「言ってなかったっけ？　昨日は酔ってたから、悪かったな。藤原滉一だ」

大事な導き手の名前を聞くのを失念していた無礼を詫《わ》びて名前を尋ねると、気を悪くすることもなく答えてくれる。その言葉にも思いやりを感じて、気が楽になる。

「藤原、滉一さん。藤原さんは——」

「滉一でいいよ。一応、恋人同士なわけだし」

優しく微笑まれると、胸が全部心臓になったみたいに肺が圧迫されて、息すらできないくらいにどきどきする。輝く笑顔から目をそらしたくて、深々と頭を下げた。

「ありがとうございます！　そ、それでは、滉一さんとお呼びさせていただきますね」

「その言葉遣いも堅苦しいし、普段通りでいいよ」

「……普段通りに話していますが？」

誰にでもその口調なのかと驚かれたけれど、人によって言葉遣いを変えるなんて難しい。だから無精をして一定の言葉遣いを保っていると主張すると、滉一はおかしそうに笑った。

「無精して丁寧って、初めて聞いたよ。あんた、結構面白いんだな」

真幸のこの主張は、肯定的に受け止めて貰えることはほとんどないので、受け入れて貰えて嬉しくなる。

それに滉一は笑い声まで素敵で、聞いているこちらの気持ちまで楽しくなってくる。

軽やかな気持ちになったところで、食事の準備に取りかかるべくキッチンへ向かおうとしたが、少し休めばと勧められてソファに腰を下ろした。

滉一も腰を下ろすと、早速『恋人ごっこ』開始とばかりに肩に腕を回され、一気に緊張が高まる。

こういう場面では何を話せばいいのか。話題に困って視線をさまよわすと、テーブルの上にある菓子パンの空き袋が目に入った。

「……滉一さんは、ご自分の部屋へお戻りにならなかったんですか？」

「悪いな、何かこの部屋って居心地がよくって。休みになったら、あれもしようこれもしようって思ってたのに、実際その日になったら、なーんもする気にならなくてさ」

滉一は自分自身の自堕落に呆《あき》れたのか、手のひらで目元を覆う。ソファにだらりと背中を預けても、だらしないと思うより投げ出された長い足に目が行く。

格好いい人はどんな体勢でも格好いいな、なんて惚れ惚れしてしまう。

思わずぼうっとなった真幸だが、大事なことを失念していたのに気付いて我に返る。

本来、滉一が一緒に食事をするはずの人は、自分ではない。本物の滉一の恋人は、この『恋人ごっこ』をどう思っているのか。

ごっことはいえ彼氏を恋人として貸し出すことを、ちゃんと了承してくれているのか気になる。理解してくれているにしても、その人が滉一と過ごす時間を奪ってしまうのだから、菓子折の一つも持って挨拶に行くべきだろう。

「滉一さんの恋人さんに、ご挨拶をしておくべきですよね？　大事な滉一さんをお借りするわけですから」

「恋人は、いないよ」

「どちらにお出かけで？」

「どっかに出かけたとかじゃなくて、存在しないの」

「ええっ？　な、何でですか？」

いないと聞いて、出張にでも行っているのかと思った真幸は目を丸くした。こんなに素敵な滉一に恋人がいないなんて、思ってもみなかった。

驚いて問いただす真幸に、滉一は素っ気なくそっぽを向く。

「帰りが遅いだの誰と一緒にいただの詮索されて、恋人なんて面倒なだけだろ。遊び相手にゃ不自由しないからいいんだよ」

「ということは、以前は特定の恋人がいらしたんですね」

真幸の突っ込みに、口が滑ったと思ったのか滉一は小さく舌打ちした。眉根を寄せる、不機嫌な表情も様になる。こんな格好いい滉一に恋人がいないのでは、自分みたいに冴えない奴が恋人を作るなんて、不可能なのではないかと不安が胸に広がる。

それを払拭したくて、別れた理由を訊ねた。

「どうして別れちゃったんですか?」

「……恋人もいないくせに恋愛相談に乗ろうなんて、ふざけんなと思ったか?」

「いえ。ただ疑問なだけです」

じゃあ気にするなと滉一は話題を終わらせようとするが、気になるのだから仕方がない。

理由を想像して、たどり着いた推論に血の気が引く。

「何かあったんですか? ——まさか、恋人さんはお亡くなりに!」

「こらこら、勝手に殺すな。別れただけだ」

滉一の答えに安心したが、それでも滉一ほど見た目もよくて優しい人が振られるとは考えられない。死別以外にどんな理由があるのか考えてみたが、妄想たくましい真幸にも想像がつかなかった。

真幸の方は今まで、恋人には振られたか連絡を絶たれての自然消滅しか経験したことがない。何故そうなってしまったかの理由は一切不明。

何故別れようと思ったのか、女性達に訊ねても「永瀬くんが悪いんじゃないんだけどね」とか「しばらく一人で考えたいから」なんて、非論理的で理解不能な言葉しか返ってこなかった。

別れはどうしてやってくるのか。恋愛経験が抱負な滉一なら、知っているはず。是非とも教えて欲しい。

「どうして別れたんですか？」

滉一は視線をそらし、真幸を拒絶する意思表示なのか腕を組む。その態度から答えたくないのは分かったが、それでも知りたくてくり返し訊ねる。

「こんなに格好よくって素敵な滉一さんと別れるなんて、恋人さんに何があったんです？　あ、滉一さんが振ったんですか？　いや、でもそれなら相手が簡単に引き下がらずに、今頃ストーカーと化してこの部屋を覗いていても不思議はないですよね！」

向かいのアパートの屋上で双眼鏡を構えた男の姿が脳裏《のうり》に浮かび、カーテンが閉まっているか確認してしまう。

それまで渋い顔をしていた滉一だったが、さっきから早とちりばかりしている真幸に、堪えきれなくなったのか吹き出した。

「違うよ。いいからちょっと落ち着けって」

「……あ、すみません……」

普段から発想が突飛すぎる真幸は、呆れられたり冷笑されることには慣れている。また早とちりで笑われてしまったと小さく自己嫌悪を感じたが、難しい顔をされているよりずっといい。

それに滉一の笑顔は、ただ美しいだけでなく、どこか人をほっとさせる。

落ち込みに俯きつつも、目線だけ上げてきれいな微笑みを盗み見ると、滉一は軽くため息をついた。

「そんなんじゃなくて、好きとか嫌いとかだけじゃ乗り越えられない問題で別れたんだ」

どこまでも食いついてくる真幸に根負けしたのか、これ以上勝手な妄想の暴走はごめんだと思ったのか、滉一は苦笑いしつつも別れた恋人のことを話し始めた。

「彰《あきら》と付き合ってたのは、もう二年近く前のことだ」

カットモデルとして知り合った彰は、誰もが振り返るような美青年だが気が強くセンスもよくて、滉一にとってまさに理想の恋人だった。一人暮らしには少々贅沢《ぜいたく》なこの2LDKのマンションも、彼と同棲《どうせい》するために選んだ。なのに、同棲を始めてたったの一ヵ月で、彰は本業のアパレル関係の仕事で遠方へ転勤することになった。滉一も付いてきて欲しいと頼まれたが、滉一には店があるここから離れることはできなかったという。

「俺も店をオープンさせたばかりで忙しくて、遠距離で付き合う暇もなかったから、自然消滅した」

「自然消滅……」

滉一のような男前にまで襲いかかるとは、なんて恐ろしい現象だろうと真幸はその威力に身震いした。

「俺は……愛より仕事を取った。俺みたいな奴は、特定の恋人を作るのは向いてないんだよ」

「でも、それは相手の方もそうでしょう？　降格されようが最悪クビになろうが、転勤を断ってあなたの側に残る道を選ぶこともできたはずです」

「社会ってのはそんな単純なもんじゃないだろ」

「それは、愛だってそうでしょう？」

少なくとも、自分はそう信じている。言い切る真幸に、滉一は意地悪い表情を浮かべて口の端を上げた。

「それじゃ、真幸は仕事か恋人かどっちか選ばなきゃならなくなったら、どうする？」

「私なら恋人を取ります」

「即答か」

拍子抜けした顔で見つめられたが、何をそんなに気負っていたのか分からない真幸は、当然でしょうと首をかしげる。

「だって、やりたくないきつい仕事でも、それしかなければやろうと思えますが、好きじゃない人とはキスもできません」

「そりゃ、ご立派なこって」

「立派だなんて……そんな大層なものじゃないですけど」

「……嫌味も通じやしねぇ」

ぼそりと滉一が呟《つぶや》いた言葉を聞き逃し、何と言ったのか問おうとしたが、滉一はすぐに話題を変えてしまう。

「けど、仕事選びも妥協するのはまずいぞ」

「幸い私は健康で、借金もローンもありませんから、食べていけるだけ稼げる仕事なら何でもします」

「真幸の仕事って何だっけ?」

「システムエンジニアです」

「パソコンでプログラムとかしてんのか」

「はい。プログラムもしますが、要求分析やアーキテクチャ設計も行います」

「へえ……そうなんだ」

納得した台詞《せりふ》とは裏腹に、滉一は視線をさまよわせる。これはちんぷんかんぷんな人の表情だ。

今までにも、自分は一般用語だと思っていた言葉が、他の人には通じないという経験を幾度もしてきた。そのたびに気を付けようと反省するのに、またやってしまった。

自責の念に襲われて、がっくりと肩を落とす。

「あー、悪いんだけど、俺、そろそろ腹減ってきたな」

「すみません!　すぐに支度《したく》します!」

暗く落ち込んだ真幸の気を引き立てるように陽気に催促されて、真幸は慌ててキッチンへ向かうと、朝食に使った食器は食器棚にしまわれていた。

ちょっとしたことだけれど、心遣いが嬉しい。

「食器、洗ってくださったんですね」

「作って貰ったんだし、それくらいはな。――何か手伝うよ」

リビングに向かって声をかけると、滉一は立ち上がりキッチンへやってきた。

「そんな！　とんでもないです。座っててください」

「真幸。俺は今、おまえの恋人って設定だろうが。恋人をお客様扱いしてどうする」

「でも、家事と引き替えに引き受けていただいたことなのに……」

申し訳ないと固辞したが、滉一は勝手に食器棚を開けてテーブルの準備を始める。強引な優しさに戸惑うけれど、嬉しくもある。ちらちらと滉一を盗み見ながらタマネギを刻む。

「真幸も、恋人と同棲してたのか？」

お揃《そろ》いの茶碗を手に訊ねられたが、2ＬＤＫのマンションに椅子《いす》も食器もすべて二つずつとくれば、そう考えるのが自然だろう。

「私の場合は、恋人ができたらすぐにでも一緒に暮らせるようにと思っただけで、まだここで実際に同棲したことはないです」

変化への適応能力が低い真幸は、何事も周到に準備をしてからでなければ動き出せない。しかし慎重すぎて、石橋を叩いて叩いて渡る前に疲れ切り、結局その場から動けないのだ。

行動力が無駄な方向にしか働かない自分が、我ながら情けない。

自分の要領の悪さに項垂《うなだ》れてしまったが、滉一は、そうなんだ、と言っただけで作業を続ける。重い気分を軽く流して貰えたおかげで、深く落ち込みすぎずにすんだ。

今朝の朝食作りは、滉一が眠っている間にできたが、今は滉一が側にいる。朝以上の緊張感に襲われる。

けれど滉一は、必要な食器を出し終えると、真幸の指示を仰《あお》ぎながら手慣れた様子で付け合わせの野菜を切る。

「滉一さんもお料理をされるんですね」

「できるけど、一人だと面倒だし出来合いで十分だしでほとんどしないな。相手も料理をするのかとか、そういった生活習慣も知っといた方がいいけど、狙いの上司と一緒に飯とか食いに行かないの？」

「忘年会などの社内行事でご一緒することはありますが、プライベートではありません」

「昼飯はどうしてんの？」

「各自、食べたいときに食べたい店で食べてます」

社内は基本的に飲食禁止。パソコンに被害を与える恐れの少ない、おやつとペットボトル飲料くらいは見逃して貰えるが、お弁当は食べられない。

そんな話をしながら進めていくと、料理が出来上がる頃には真幸の緊張もずいぶん解けてきた。

シメジとニンジン入りのトマトソースで煮込んだハンバーグに、付け合わせはブロッコリーと粉《こ》ふきいも。さらにレタスとキュウリのサラダが並んだテーブルに着くと、滉一は改めて感心したように笑った。

「至れり尽くせりだな。こんなに気合い入れなくてもいいのに」

「え？　普通じゃないですか？」

真幸は自分一人が食べるときでも、主食、主菜、副菜とバランスのよい食事を心がけている。

「真幸と恋人になったら、毎日こうなのか」

これはいいセールスポイントだぞと褒められて、嬉しくなる。男も料理ができなければ、と本やネットを見て料理を作れるようになっていてよかったと、心がほっくり温かくなった。

緊張しまくりでほとんど会話できなかった朝食時とは違い、好きな料理や嫌いな食材について訊ねる余裕ができるほど打ち解けられた。

掃除の際の注意点も訊けたが、実際に現場で訊いた方が分かりやすいだろうと、食事がすんでから下見に行ってみることになった。

同じマンションなのだから作りは同じ。それでも他人の部屋となると緊張する。それに散らかってるぞと予告されていたので、どんな汚部屋でも怯むまいと覚悟して臨んだ。

だが案内された滉一の部屋は、食事は惣菜《そうざい》やコンビニ弁当で洗い物が出ないせいか、キッチン周りはきれいで拍子抜けした。マンションのゴミ集積所がいつでも使用可だから、出勤時に捨てているそうでゴミもほぼない。

二部屋あるうちの一室は使っていないそうで、片付けて欲しいと頼まれたのは、滉一が寝室として使用している部屋だった。

「何だって、こんなに沢山……」

部屋のドアが開かれた途端、思わずそんな言葉が漏れる。キッチンスペースを見て油断していただけにインパクトが強かった。

部屋は、服の海だった。

真幸も寝室として使っている六畳の部屋は、同じ間取りとは思えないほど狭く感じる。床が見えないほど服が散乱しているだけでなく、壁際にも靴が入っているとおぼしき箱が積まれ、カーテンレールにはカーテンが見えないほどハンガーで衣服が掛けられているせいだ。

ベッドの上にも何枚かの衣類が広げられていて、かろうじて寝られるという状態。

店主が無精な衣料品店の倉庫ってこんな感じだろうか、なんて想像してしまう。

「服が多すぎて、どっから手をつければいいのか分かんなくなってさ」

「だからって、放っておけばエントロピー増大の法則に従い、この部屋は片付かないばかりかますます散らかっていきますよ！」

「エロいトロフィー……？」

無理矢理な勘違いをして首をかしげる滉一に、一般的でない用語は控えようと、ついさっき決意したばかりなのにまたやらかしてしまった、と血の気が引くのをはっきり感じる。

「で、そのエロい何とかって何？」

「えっと……ものすごく簡単に言いますと、秩序や乱雑さを表す度合いです。無秩序な状態は、さらなる混沌を呼ぶということです」

「つまり、片付けないとますます散らかるってことね」

「そうです！　分かりにくい言い方ばかりしてしまって、すみません……」

「いいよ。エロいトロフィーがずらーっと並んでるところ想像したら、何か笑えたから」

明るく茶化してくれる滉一の笑顔に、沈んだ心が浮上する。真幸の失敗を笑って許してくれる、何気ない心遣いがとても嬉しい。

このご恩は掃除で返そうと奮起した真幸は、今日は下見だけのつもりだったが、仕分けだけでもしておこうと服の海原へと舵《かじ》を取った。

衣類に雑誌に日用品、と物を分類し、それを滉一が『いるもの』と『いらないもの』と『どうしようか悩むもの』により分けることから始める。

「三ヵ月以上前の古い雑誌は、全部捨ててくれ」

「ファッション系の雑誌が多いですが、こういうのをお仕事の参考にされるんですか？」

「ああ。お客さんに『アイドルの何とかちゃんみたいに』って言われたときに、そのアイドルの顔や髪型がぱっと浮かぶようにね」

流行の髪型はすぐに変わる。日々勉強が必要なのだろう。

整理していくと、一昨年《おととし》のものだが付箋《ふせん》が貼られている雑誌を見つけた。何の記事か気になって開いてみて、真幸は驚きに一瞬固まった。

見間違いかと思ったが、掲載されている写真はどう見ても——。

「これ、滉一さんじゃないですか！」

「あー、その本、そんなとこにあったんだ。その取材を受けてから、お客さんが増えたんだよな」

「雑誌に紹介されるなんて、すごいです！　そんな記念の大事な雑誌を床に放ったらかしにしてるなんて、駄目ですよ」

「店にも置いてあるし、今更読むわけじゃないし」

滉一はさらりと流したが、真幸にとっては見知った人が雑誌に載っているなんてことは初めてで、じっくり読んでみたくなった。

読まないならくださいと言いそうになったが、読まなくったって大事な物に変わりはないだろう。自分で購入しようと、雑誌のタイトルと号数を覚え、間違って捨てないようテーブルの上に避けておいた。

片付けは、始めるまでは面倒だが、いざ始めてしまうと調子が出てくるものだ。そのまま作業を続けて本と衣類に分け、さらに衣類は夏物春物、ズボンに上着、と分類していく。

「滉一さんは、お洒落《しゃれ》なんですねぇ」

これらすべてに一度は袖《そで》を通したのかと感心すると、客商売で見た目に気を使わなきゃならないからいつの間にかこの有様だ、と滉一は肩をすくめる。

「真幸はファッションにこだわりとかないみたいだけど、服選びの規準はどうなってんの？　白いマフラーに赤い手袋なんて、男にしてはちょっと……いや、正直かなり珍しいだろ」

何で敢《あ》えてそれだ？　と至極不思議そうに訊ねられたが、大したことではないけれど、一応理由はあるのだ。

「公園近くの、街灯が途切れてるあたりの道ってば夜は真っ暗でしょう？　白とか赤とか目立つ色の物を身につけた方が、ドライバーの方に気付いて貰いやすくて安全だと思いまして」

初めは白のマフラーだけだったが、手袋もスーパーの福引きの景品で貰ったので、ちょうどいいと思って着用するようになった。そう経緯を説明すると、滉一はひどく嫌そうに顔をしかめた。

「貰ったからっておまえ……あの手袋、女物じゃなかったか？」

別れた彼女のとか思い出の品ならしょうがないけど、そうじゃないなら他の物にしろと呆れられたが、ある物を有効活用した方がいい。

「だったら、俺の使ってないやつをやる。他にも、着られそうな服とか貰ってくれよ」

「え？　滉一さんのを？」

戸惑う真幸を無視し、サイズはほとんど変わらないからいいよな、と滉一は衣類の山をかき分け始める。

まさかこの部屋にある服を自分が着るのか？　とカラフルでお洒落な服の山にただでさえ目がちかちかしていた真幸は、めまいを感じた。

「待ってください！　私はこんな服、いえっ、あの……こんな華やかな服は、滉一さんみたいに格好いい人にしか似合いませんよ」

「あんた、赤とかオレンジとか明るい色も結構似合いそうだ」

真幸の断りに耳を貸さず、滉一はあれでもないこれでもないと散々悩んで選び出し、シャツにズボンに上着まで一揃え押しつけてきた。

「一応、全部ちゃんと洗濯はしてあるから、着てみろよ」

暖色系のオレンジを基調とした大きめのチェックのワイシャツに、深い緑の色のプリントシャツと、大きなポケットのついたズボン。どれも、自分では絶対に選ばないだろう服に困惑する。

「あの、私はお掃除に来たんですけど……」

「ほら、さっさと着ろって。あ、肝心の手袋がないな……」

今度は、タンスの引き出しの中をほじくり始める。タンスの中はまだ手をつけていなかったが、あの中にも沢山の衣類やアクセサリーなどが詰め込まれているらしい。

せっかく整理したエリアに、捜し物の邪魔になる小物達がポイポイと散らかされていく。

「あう……」

また片付けなくちゃと疲労感に襲われるが、それでも楽しそうに引き出しをあさっている滉一を見ていると憎めない。何より、自分のために選んでくれているのだと思うと嬉しくなってきて、絶対に合わないと確信があったが従うことにした。

男同士だし気にすることはないと思いつつ、タンスをあさり続ける滉一に背を向けてこそこそと着替えた。

すぐ横に全身の映る大きな姿見があるけれど、見る勇気はない。

「あの……着ましたけど……」

「うん。似合う！　と、言いたいとこだが……」

やっぱり似合わないか、と申し訳なさに俯いた頭をわしづかみにされ、わしゃわしゃと髪をかき混ぜられる。

「あっ、……あの？」

「この髪型と眼鏡がなぁ」

困惑する真幸に構わず、滉一は真剣な表情で考え込む。間近に見る端正な顔に、真幸はとっさに目を瞑《つぶ》る。

目を閉じても、格好いい滉一の気配を身近に感じるだけで、心臓が飛び跳ねているみたいに胸が苦しくなる。けれど長い指で探るように髪を梳《す》かれて、戸惑いは心地よさに変化する。逆らうのも悪いかとされるがままになっていたのが、もっと触っていて欲しいという気持ちに変わっていく。

「髪質は悪くないっつーか、さらさらできれいな髪してるよな。うん——指通りもいいし……手触りは、すごくいい」

「そんなこと……白髪もあるし」

いつからか定かではないが、中学生のときにはもう白髪があったと思う。密かに気にしていた部分を見られているのに気付いて離れようとしたが、滉一は手を離してくれない。

「この程度の若白髪、珍しくもねえよ。気になるなら、ちょっと明るめの色に染めたら目立たなくなるぞ」

「そうなんですか？」

欠点と思っていた部分が隠せるかもという期待に、思わず顔を上げると、超至近距離で目が合う。

『吸い込まれそうな瞳』なんて言葉を、ブラックホールかサイクロン掃除機じゃあるまいしと思っていたけれど、あれはこういうことだったのかと実感する。黒目がちな瞳から、自分

の意思では視線をそらせない。

「あんた、土日が休みだったよな。次の土曜の夜は暇か？」

「はい。……特に予定はありません」

休日出勤もあるが、今はそれほど忙しくはない。仕事でもなければ特に用がない自分を、我ながらつまらない奴だなと思う。

滉一はどう思うだろうと首をかしげれば、にっこり微笑まれる。

「じゃあ、俺がこの頭を何とかしてやるから、うちの店に来な」

「うちの店って……美容院にですか？」

そういうのは女性の行くところではと訊ねてみたが、男性客もいるという。それでも、いつも千円カットですませている自分なんかは、場違いな気がして尻込《しりご》みしてしまう。

「おまえは俺の『恋人』なんだから、身ぎれいにする義務がある」

拒否権はない、と宣言されては背筋を伸ばして「はい」と答えるしかなかった。

「営業時間が終わってからだから、夜になるけどいいよな？」

もう何でも言うことを聞きますと頷くと、「よし！」とまた頭をくしゃくしゃに撫でられた。

ようやく手を離して貰えたが、まだ頭に温かな指の余韻が残っていて、妙にくらくらした気分だった。

「外見に関しては俺が何とかしてやれるけど、中身に関しては自分で何とかしろよ。真幸は色気がないから、もっとこう、フェロモンを出さなきゃ」

「フェロモン……異性を、いえ、私の場合は同性を惹きつけるための化学物質を分泌せよ、ということですね！」

「んー……まあ、そういうもんかな」

「でもそんなの、どうやって出せばいいんですか？」

「人に頼ってばかりじゃ駄目だ。少しは自分で考えろ」

「そうですね！　分かりました。考えておきます」

こんな風に課題を出されるとは思わなかったが、オロオロ悩んでいるだけより、することがある方がずっといい。

真幸は『フェロモンの出し方を調べる』と脳内にしっかりメモした。


——真幸は、お掃除上手で料理も上手い。

けれどもそれを補ってあまりあるほどに妙な奴だ、と滉一は付き合い出した次の日に気付かされることとなった。

「どうしましょう。滉一さん！　人間のフェロモン受容体であるヤコブソン器官は、退化して機能していない休眠状態だそうで、フェロモンが出せるようになっても意味がないようです」

朝食を食べに真幸の部屋へ行くと、やけに深刻な顔をした真幸に意味不明な話をされて面食らう。

「はい？」

「ですから、出したところで受け取り側の器官がお休みで、受け取れないようなんですよ」

「はあ……」

ふざけているのかと思ったが、真面目な顔で解説されて思わず黙って拝聴してしまう。

「退化とはまた違うらしいのですが、スイッチが入っていない状態とでも申しましょうか——」

「待て、待て。それはすさまじくどうでもいい」

タブレット端末まで持ち出して子細の解説を始めようとされると、さすがに止めざるを得ない。真幸ががんばってフェロモンについて調べたのは分かったが、がんばりの方向が間違っている。

「化学物質としてのフェロモンは、どっかに置いとけ。いや、脳内から追い出せ！　俺が言いたかったのは、男を魅了する仕草や言葉を研究しろってことだったんだよ」

「あ！　つまり、比喩表現だったということですか？　あたかも、男を惹きつけるフェロモンが出ているかのごとき立ち居振る舞いを身につけろと、そうおっしゃりたかったわけですね！」

「そういうことだ」

「そんなの、ますますどう調べればいいのか……ヒントに検索キーワードだけでも教えていただけませんか？」

真面目にタブレット端末で検索の準備を始める真幸に、滉一はリアルに頭を抱え込んだ。

「――つーことで、手取り足取り一から十まで指導してやることになった」

開店前の準備で道具をセットしながら、滉一は店のスタッフに真幸の毛染めの予定を入れるに至った経緯を説明した。

滉一の店は、セット面４つにシャンプーユニット２つ、とこぢんまりしている。

建坪が十八坪しかないというのもあるが、滉一自らが目を配れる人数しか客を取る気はなかったので、これで十分だと思っていた。

常連客がついてくれれば、細々とでもやっていけると思っていた。だが、店は予想以上に繁盛し、予約だけで一杯で飛び込みの客は断らざるを得ない状況になっていた。

スタイリストは、滉一と、専門学校時代の後輩の矢部修司《やべしゅうじ》。それからアシスタントの二人は女性で、山口里香《やまぐちりか》と佐藤亜利沙《さとうありさ》。まだ二十代前半だが、どちらもよく気がつく働き者だ。

性指向なんて個人的なことはわざわざ言いふらすことでもないが、一緒に働くなら言っておいた方がいいだろうと、滉一がゲイであることは全員に告げてある。

だから真幸とのことも気軽にぶっちゃけることができた。

「しっかし、そりゃまた愉快な人ですね」

滉一の話を聞いて面白そうに笑う修司に、他人事《ひとごと》だと思いやがってと毒づく。

「どうやったらあの歳で、あんな物知らずの天然記念物みたいな人間が出来上がるんだ。いや、物知らずってのはおかしいか。物知りなんだが知り方が偏ってるというか」

どんな思考回路をしていたら、エロ指南に人体の進化の歴史が絡んでくるのか。

黒のビキニパンツでも購入するかメンズエステでも探すかと思ったのに、フェロモンという物質について調べてくるなんて。真面目すぎて間が抜けている。

滉一は、恋の駆け引きを楽しむような小悪魔的な男が好みで、そんな相手とばかり付き合ってきた。わがままな相手を甘やかして手のひらで転がすのが好きなのに、今回は勝手が違いすぎる真幸に振り回されて調子が狂う。

しかし真幸は、興味のない物には感心を示さないが、興味のある物についてはとことん追求してしまうタイプのようだ。

「それなら、そういうことに一旦興味を持たせたら……」

とんでもなく素晴らしい恋人が出来上がるのではないだろうか。

何も知らないまっさらな頭と身体に、自分の好みを覚え込ませていく。自分のためだけにカスタマイズされた、最高の恋人。

その不埒《ふらち》な妄想は、滉一の心にがっつりと根付いた。


約束した土曜の夜、真幸は最後の客が帰ってから店内に入ってきた。

真幸の動きが妙に固くてぎこちないのは、緊張だけでなく寒さで強ばっているせいだろう。色を失った頬に触れると、ひんやりと冷え切っている。

「ずっと外で待ってたのか?」

「あ、あの……」

「だって、こんなお洒落なお店……出入りするお客さんもきれいな女の人ばっかりでしたし」

「悪かった。入って待てって言っとけばよかったな。亜利沙ちゃん、コーヒー淹れて」

いつもは千円カットだという真幸に、気後れするなという方が無理だった。すぐに待合席に座らせて、温かいコーヒーを用意させた。

真幸はコートの下に、滉一がコーディネートしてやった、暖色系のチェックのシャツブルゾンにベイカーパンツを着用していた。手袋も、滉一が選んだニットの黒をしていることに満足する。

今でもそれなりには似合っているが、すごく似合う髪型にしてやらなくては、と猛然とやる気が漲《みなぎ》る。

その前に、まだ慣れないのか肩に力が入っている真幸が少しでもリラックスできるよう、店のスタッフ達を紹介することにした。

「このでかいのが、スタイリストの修司。専門学校時代の後輩ね」

「よろしく。いつもコウさんがお世話になってます」

「いえ。私の方が滉一さんにお世話になっているんです」

短髪で大柄だが、体育のお兄さん風の爽《さわ》やかさで人好きする矢部修司の笑顔に、真幸も少し緊張が解けたのか微笑む。

それに安心して他の女性スタッフも紹介する。

「オレンジが里香ちゃんで、ふわふわが亜利沙ちゃん。二人はアシスタントをしてくれてる」

「何ですかー、その適当なの」

森ガール風のふんわりカールした髪だから『ふわふわ』と可愛らしく表現してやったのに、佐藤亜利沙は不満げにむくれる。彼女は一番年下の二二歳だが、一番態度がでかい。

そんな亜利沙を、先輩アシスタントの山口里香がまあまあとなだめる。こちらはショートヘアをオレンジに染めた、快活で明るいお姉さんキャラだ。

美容院は、技術はもちろんスタッフの人柄も重要。その点、うちの店は恵まれていると思う。明るい挨拶に、真幸も店の雰囲気を気に入ってくれたようだ。

自己紹介をすますと、スタッフ達は掃除したり道具を片付けたりと店じまいの準備に取りかかる。

「ちょっとバタバタしてて悪いけど」

「いえ、そんな。お気になさらず」

無理を言ってご迷惑をおかけしているのはこちらですから、と真幸は首を巡らせてスタッフ達に頭を下げ、そのままぐるりと店内に視線を巡らせた。

「素敵なお店ですね。滉一さんはまだお若いのにこんなお店を持ってるなんて、すごいです」

「親に借金したんだけどな」

一応、月々返済してはいるが利子もなく、ある時払いの催促なしと言ってくれていて、ありがたいことだと思う。

それももうすぐ完済できる。そうしたら、今度は親に小遣いを仕送りして安心させてやりたい。

「ご両親も、滉一さんの腕を認めてくださっているから出資してくださったんでしょう」

「つーか、俺はゲイだからさ。子供ができないから、老後の面倒は自分で見なきゃなんない分、しっかり稼げ！　ってね」

「ご両親はご存じなんですか」

「俺は子供の頃からこうだったから。親も姉も、家族全員が知ってるよ」

同性愛を、家族にオープンにしている人はそう多くない。ましてや、家族がそれを認めて援助までしてくれるとなると、さらに珍しいだろう。真幸が驚くのも無理はない。ありがたい状況に、改めて感謝してしまう。

「店長、看板の電気も落としておきますか？」

掃除を終えた里香に訊ねられ、滉一はもう外の電気も消してみんな帰っていい、とスタッフ全員を帰らせた。

「お店の名前は、何て読むんですか？」

店の看板には大きく『D―F』と書かれている。お客には『デフ』とか『ディーエフ』なんて呼ばれているが、その下にちゃんとフルネームも表記してある。

「うちの店の『D―F』ってのは『Ｄａｎｄｅｌｉｏｎ Ｆｌｕｆｆ』の略で、タンポポの綿毛って意味。軽い気分になって、外へ出かけて欲しいって願いを込めたんだ」

「素敵な名前ですね」

「だろ？　んじゃ、そろそろ始めますか」

頭をひねって考えた店名を褒められて、気分が上がる。真幸も、思わず外へ遊びに出たくなるほど格好よくしてやらなければ。

コーヒーカップが空になり、真幸の顔色も戻ったのを見計らってシャンプー台へと誘う。

「あの、シャンプーは……自分ですませてきたんですけど」

「はいはい。いいから、こちらへどうぞー」

ヘアマニキュアは髪の表面をコーティングするので、汚れはきちんと落とした方がいい。それに、まずは髪質などを把握したい。眼鏡を外させ、有無を言わせず座らせた。

シャワーで髪を濡らしながら、じっくり白髪の生え具合をチェックする。

滉一は、子供の頃から人の髪を触るのが好きだった。特に指触りのいいストレートヘアは最高だと思う。

真幸の髪も、本人が気を付けていそうにないにしては、傷みもなく指通りがよかった。これは手入れすれば極上の髪になるだろう。仕上がりを想像するだけで心が弾む。

しかし、ヘアマニキュアはキューティクルが傷んでいる方が乗りはいい。これはしっかり染めてやらなければ、と頭の中で薬剤の調合を決めた。

シャンプーの後はセット台へと移動し、タオルで髪の水気を取りながら、何か希望はないか訊ねる。

「色とか髪型で理想とか、こういうのがいいってイメージはある？」

「特にないですが、あんまり派手な色は……」

それは滉一も心得ていた。客観的に見ても、真幸に明るすぎる色は似合わない。だから、大人しめのビターブラウンを基本にするつもりだった。さらに、サイドに白髪が多かったので、そこを中心にランダムにアッシュを入れることにする。

ヘアカタログの入ったタブレット端末を操作し、見本となる髪色やカットモデルの画像を真幸に見せた。

「色はこんな感じにするつもりだけど、いい？　髪型は……これよりもうちょっと短めが似合うと思うんだけど」

「美容院業務用のソフトですか。すごく分かりやすいですね」

職業柄、髪型よりソフトの仕様の方が気になったのか、いろいろと端末を操作し出す真幸に、不満はないと判断してさっさと作業に取りかかる。

ヘアピンで髪を小分けにし、地肌につかないようコームで髪の根元ぎりぎりから薬剤を塗布していく。塗り終わると、色が定着するまでしばし待たなければならない。その間に髪型について説明する。

真幸はショートも似合うだろうが、いきなり変えすぎると戸惑いそうだし、ワックスなどを使うスタイリングができるとも思えない。なるべく手がかからない、ナチュラルなミディアムショートを提案した。

「あの、もう本当にお任せしちゃいます」

説明されても理解できないのだろう真幸は丸投げしてきたので、これ幸いと任されることにした。このなめらかな髪を好きな色に染めて、思う様はさみを入れられるなんて。期待に背筋がぞくぞくする。

色が定着するとまたシャンプー台に移動し、薬剤を洗い落とすためのシャンプーと髪を守るトリートメントを施す。

今度は頭皮をマッサージしつつ丁寧に髪を洗うと、気持ちいいのか真幸はほうっと小さく息をつく。

「……滉一さんの指って、長くてきれいなだけじゃなくて機能的なんですね」

『手がきれい』なんて言われ慣れた台詞だが『機能的』は初めてだ。おまけに夢見心地でうっとり言われると、また違って聞こえて気分がいい。

「気持ちいい？」

「はい、気持ちいいです……人に頭を洗って貰うっていいですね」

もっと気持ちのいいことをしてやろうか、と囁《ささや》きたくなるのをぐっと堪える。目元はタオルを掛けているので見えないが、ほんわかと微笑む口元は結構可愛く見えてくるから不思議だ。

もっと可愛くしてやる、と意気込みも新たにカットへと移った。

美しい髪を切るときは、はさみも喜んでいるのか、しゃきしゃきと軽快に進む。頭に描いた髪型通りに、勝手に手が動く気がする。

「量が多いってだけで重いのに、こんなに前髪を伸ばしてるから、うっとうしく見えるんだよ」

とはいえ、あまり短くしすぎると子供っぽくなりすぎる。軽く眉毛に掛かるくらいに前髪を残す。

「ちょっとでも顔が隠れた方が、粗が目立たないかと……」

「変に隠すと余計に目立つんだよ。それに、あんた別に隠さなきゃいけないような顔じゃないだろ」

「いえ、そんな。お世辞は結構です。家にだって鏡はあります」

真幸は本気でそう思っているようだが、髪型と服装に問題があるだけで、顔は平均以上だと思う。

後ろから前髪を指で払って顔を覗き込むと、気まずげに俯く。目を伏せると豊かで長い睫が、黒目がちな瞳に影を作り、思わずドキリとするほど色っぽかった。

何故隠してしまうのか、理解に苦しむ。

「真幸はくっきり二重で睫も長くて多いし、女の子からうらやましがられるだろ」

「だから、嫌なんです。女みたいだって、子供の頃は周りの男子からよくいじめられて……」

そのせいで、女の子達に混じっておままごとなんかをして遊ぶことの方が楽しかった。しかし父親には、もっと男らしい遊びをしろと叱《しか》られたという。

「……本当に、女の子だったらよかったんですけどね」

ぽつりと漏らす真幸の表情は空虚で、よほど嫌な思いをさせられたのだろうと気の毒になる。

しかしそれは、男子が可愛い子や気になる子をいじめたいってパターンだろう。清楚《せいそ》なタイプは自分の好みではないが、こういうのが好きな男はいる。真幸の好きな上司とやらもそうだとしたら、望みはあるように思えた。

「……これは、意外と希望があるんじゃゃねえの？」

俄然《がぜん》やる気に火がつく。冴えない元ノンケを鍛え上げて、ノンケの男を落とさせる、なんて実に面白そうだ。気分が高揚し、カットするはさみもますますスムーズに進む。

「女の子になりたかったってことは、スカートを穿《は》きたいとか、そういう――」

「そういう欲求を感じたことはないです」

「じゃあ子供の頃、男子を性的に意識したことは？」

「それも、一度もないです。――これまでは」

つまり今は、性的に意識しているということか。こんな清純そうな男が、男を想って悶々としているところを想像すると、堪《たま》らなくエロチックだった。

ますます興味が湧《わ》いて、カットの手は止めずに話を続ける。

「突然か。何か切っ掛けがあると思うんだけど、女性に不審を感じたとか嫌なことを言われたとか、思い当たることってないのか？」

「社会人になってからは仕事が忙しくて彼女を作る暇もありませんでしたが、学生時代は普通に女性とお付き合いしていました。ただ……長続きしたことがないんです」

異性と付き合うことが当然と思い込んで、自分の性癖を押し殺していたタイプか、と推測しながら話の続きを促す。

「一番続いたのはどんな子だった？」

「一番長続きしたのは、高校二年のときに初めて付き合った松若美雪《まつわかみゆき》さんです。私は結婚するつもりでしたが、四ヵ月と十二日で振られました」

「高校生で、しかもたった四ヵ月の付き合いで結婚を考えちゃったわけ？」

あまりの若さと早すぎる決断に驚いたが、真幸は滉一が驚いていることに驚いたようだった。

「十八歳になったら結婚できるじゃないですか」

『できるようになる』と『する』はまったく違う。やはり真幸は、少しどころかかなり感覚がずれている。

しかし、何か訳でもあるのかもしれないと思い直す。

「あ、孕《はら》ましたとか……そういう訳あり？」

「な、何でそんな！　結婚もしてないのに！」

「はい？　今時そんな、時代錯誤な……」

「人は人、私は私です」

結婚するまで手を出さないつもりだなんて、真面目を通り越して堅物だ。これは今時の女子とは続かないだろう。

「……で、今も独身ってことは……」

童貞か？　とはさすがに口に出して問えない。やっぱりそうだったか、と心の中で納得しておくにとどめる。

接客業のいつもの手慣れた誘導で、いろいろな話が聞き出せたが、真幸が男に目覚めた切っ掛けはまるきり摑めなかった。

カットを終えると、滉一は最後の仕上げにかかる。

「眉尻の毛がボサついてるから、顔の印象もボケるんだよ」

真幸の眉毛をコームで調えながらカットし、周りにまばらに生えた毛はシェーバーで処理する。その間、真幸は眉間に深く皺が寄るほど強く目を瞑っていた。

「こら、そんなにギューッと目を瞑るな！」

「す、すみません……でも、怖い……」

眉毛のセットは、目を突かれそうで怖いという人は多い。でもそんな風にされたらやりにくくって余計に危ない、と言い聞かせてやめさせる。

髪も眉毛も整え、外していた眼鏡を掛けさせると、真幸は鏡に映る自分の姿をまじまじと見つめた。

「あの、顔が……小さくなった気がするんですが……」

「元から小顔だっただろ」

「それに、白髪が……まるきり分からなくなってますけど！」

「そりゃ、染めたからな」

鏡に顔を近づけて髪をわしゃわしゃかき分ける真幸に、思わず笑ってしまう。量が多くてもっさりしていた髪を透いて、軽めの色に変えただけで、ここまで変わるとは思わなかった。我ながら上手くできた、と心の中で自画自賛していると、振り返った真幸にがっしりと手を握られる。

「美容師さんって魔法使いみたいですね！」

「へ？……魔法って……」

以前は前髪越しにしか見えなかった大きな目をきらきら輝かせて正面から見つめられると、心の中まで覗かれるみたいな気分になって落ち着かない。周りの空気の濃度まで変わってしまったみたいに、息を吸っても吸っても足りなくて、どきどきした息苦しさを感じる。

手を握られたまま、どう反応すればいいのか分からず、ただ見つめ合ってしまう。

「『魔法使いみたい』だって！　カッワイー！」

「ホントに変わりましたね。素敵です」

突然、後ろから賞賛の声をかけられ、空気が弾《はじ》けたみたいに驚いて、真幸も滉一も振り向いた。

その視線の先には、スタッフ三人の姿があった。帰った振りをしてバックヤードに隠れていたらしい。

真幸の元に駆け寄ってきた亜利沙は、可愛いから家に持って帰る！ と真幸の首筋に腕を回して抱きつき、里香はそんな亜利沙を必死でなだめる。

そんな二人を止めなかった修司に、滉一は思い切り不機嫌な顔を向けた。

「シュウ……おまえが付いていながら……」

「いやー、俺もどうなるか見てみたかったですし。変われば変わるものですね。さすがコウさん！ ……で、そろそろ助けてあげた方がよくないですか？」

修司まで一緒になって盗み見していたことに、眉間に皺を寄せて説教しようとした。だが修司の言葉に、真幸が亜利沙にもみくちゃにされているのを思い出し、慌てて救助に向かった。

「大丈夫か？ 真幸」

「はい……あの、すみません……」

里香と共に亜利沙を引きはがしたが、真幸は頭が混乱しているのか、ふらふらしながら何故か謝ってくる。ずれた眼鏡を直す真幸に、このままでは画竜点睛《がりょうてんせい》を欠くと改めて思う。

「後は、この眼鏡を何とかしなきゃな」

「レンズが大きい割りには軽くて、いい眼鏡なんですよ？」

真幸的にはお気に入りなのか、両手で守るように眼鏡のテンプル部分を押さえる。

その必死な仕草が可愛くて、変えさせるのがちょっと可哀想《かわいそう》になった。だけど、せっかく可愛い髪型になったのに、このままではもったいない。

そう感じたのは滉一だけではないようで、亜利沙や修司も横から援護してくれる。

「今のままでも可愛いけど、せっかくだからもっと可愛くなっちゃいましょうよ！」

「個性的で、狙ってやってる風に見えなくもないですけど、今の髪型には似合いませんよ」

この眼鏡がどれほど機能的に優秀だとしても、デザイン的には田舎《いなか》の市役所の窓際で暇そうにしているおじさんをイメージさせる代物だ。二十代の青年が掛けていい眼鏡じゃない。

「コンタクトにしろ」

「コンタクトは無理です。一度作ろうと思ったんですけど、眼医者さんにドライアイがひどいからやめた方がいいと止められまして」

医者が言うのでは仕方がない。コンタクトレンズは諦めることにしたが、このままにはしておけない。

「じゃあ、逆に眼鏡キャラってことで、ちょっと印象的なフレームのにしてみるか」

「え？　してみるかって、あの……」

「モールの店ならまだ開いてるよな。買いに行こう」

すぐ近くの二十一時まで営業しているショッピングモールに、眼鏡屋もあったはず。思いついたらいても立ってもいられず、このまま眼鏡を買いに行くことにした。

「でも……」

「普段は、このオタク君眼鏡でいい。でも、俺といるときは駄目」

覗き見していた三人には、覗きの罰として床に落ちた髪の後始末を言いつけ、真幸と店を出ることにした。

「そうだ。しばらくは洗髪時に色落ちがあって、枕カバーにも色がつくかもしれないから気を付けろよ」

「色が、落ちるんですか？」

自分の髪を摘《つま》んで、不思議そうに見つめる。そんな様子もなんだか可愛い。比喩表現ではなく、本当に相手を自分の色に染めていく高揚感に胸が躍る。

「ヘアマニキュアは、それが難点なんだよな。シャンプーとトリートメントはこれを使って。色が長持ちするから」

気分を落ち着けるべく、事務的にショーケースからヘアマニキュア専用のシャンプーと褪《たい》色《しょく》を防ぐコンディショナーを取り出し、紙袋に入れて真幸に差し出す。

「おいくらですか？」

受け取った真幸はコートのポケットから財布を取り出したが、カット代を含めて金を取る気はなかった。

「金はいい」

「そんな！　この服だっていただいちゃったのに」

「どっちも俺がやるって言い出したんだし、ただで飯作って貰ってるんだから、金なんか取れないよ」

家事をして貰うのはともかく、食費は出すべきだと思っていた。だが、ただ渡そうとしても真幸は受け取らないだろうとふんで、現物支給で賄《まかな》おうと考えていたのだ。

でも、だって、と財布をしまおうとしない真幸に、だったら俺も食費を払うと言い張ると、ようやく支払いを諦めてくれた。

もう時刻は二十時を過ぎている。言い争ってる時間がもったいないと話を切り上げ、徒歩で五分ほどのショッピングモールの眼鏡屋へと急ぐ。

閉店が近かったせいか眼鏡屋に他の客はおらず、二人の店員がつきっきりで付き合ってくれた。さらに、カットしている間も似合いそうな色と形を頭の中でイメージしていたおかげで、眼鏡選びはすんなりと進んだ。

レンズについては、よく分からなかったので真幸に任せたが、どうも真幸の望むレンズでは即日渡しは無理ということだったので、滉一と過ごすとき専用ということになってしまった。

仕上げまで三十分ほどかかるというので、その間にどこかで食事をすることにしてフードコートに向かう。

真幸は特に食べたい物もないというので、二人とも手早く食べられるようかけうどんを選び、人もまばらなフードコートの席に着いた。

「眼鏡代も俺が払うから」

正直、眼鏡代まで持つ気はなかった。でも、早く新しい眼鏡を掛けた真幸が見たくて、本人の希望とは違うレンズを選ばせてしまった罪悪感から提案した。だが、やはり真幸は速攻で断ってくる。

「何言ってるんですか。私も、恋愛するならお洒落もするべきだと開眼しました。これもその初期投資。恋愛必要経費です」

「恋愛必要経費か」

かけ離れた言葉を無造作にくっつける、その発想が面白くて笑ってしまう。変ですか？と不安そうに首をかしげて見上げてくるのも、どんどん可愛く思えてくる。

真幸の見た目が変わったからというのもあるが、中身を知ってきたからという理由の方が大きい気がした。

「変じゃないよ。その調子でがんばって恋愛経験値を上げてくれ」

俺も協力してやるから、と言えば心底嬉しそうによろしくお願いしますと頭を下げる。そのきれいに染まった髪を撫でると、真幸は慌てて頭を上げた。

「や、やめてくださいよ、こんな所で」

数人とはいえ、人がいる前でこんなことをされるのは恥ずかしいらしい。この程度のこと、恋人同士ではなく友達とだってするだろうに、人目を意識しすぎるのが気になった。

こんなことでこの先、好奇の目に晒《さら》される機会の多い同性愛者の世界でやっていけるのか、不安になって助言する。

「あんたの狙いの上司がスキンシップ好きだとしたら、こういうこともあるかもしれないし、慣れといた方がいいぞ」

「そうですね。男同士って本当に大変そう……」

少し深刻な表情になる真幸が心配になるが、そんなことを今から気に病んでも仕方がない。

食べ終わったのを切っ掛けにシリアスな話題を終わらせ、眼鏡を受け取りに向かう。

選んだのは、どんな服装にでも合わせやすくて、今の髪色にも合う焦げ茶色のオーバル型の眼鏡。

「うん。似合ってる」

「そうですか？」

真幸に掛けさせると、本屋の純文学の棚の前が似合いそうな好青年風になった。

滉一の好みのタイプではないが、誘われれば十分応じるレベルだと満足する。いや、この見た目で甘い誘いをかけられたら、それはギャップ萌《も》えで十二分にいけるだろうなんて、不埒な考えが頭をよぎる。それほど可愛くなった。

「明日は会社へその眼鏡をしていけよ」

「え？　でも……」

「イメージチェンジしたときにどんな反応をしてくれるかで、相手の好感度が分かるから、絶対していくんだぞ」

ここまで変われば、何らかのリアクションがあるはず。真幸の想い人の反応が楽しみになった。


次の日、滉一は結果が聞きたくて店を閉めるとすぐさま真幸の部屋へ向かったが、結果は聞くまでもないようだ。

暗く沈んだ真幸の表情に、何と言葉をかけるべきか思案し、そうだったらいいのにな、と思った言葉を口にする。

「もしかして、上司さんはお休みだった、とか？」

「気付いてはくれたようでしたが、特に……何のコメントもなかったです」

気がつかなかったならまだしも、気付いた上で何も言われないというのは相手にされていない感じが強い。

これは落ち込む。しょんぼり肩を落とした姿は抱き寄せたいほど切なげで、滉一の胸まで痛くなる。早く何か別の話題を振らなければ、と滉一は頭をフル回転させる。

「そういや、もうすぐバレンタインだな」

「そうですね。チョコレートの品揃えがよくなるから、ついつられて買っちゃいます」

「真幸は甘党なんだ」

「はい。疲れたときなんかは特に、甘い物が欲しくなっちゃいます」

話題が好きな物のことになったせいか、真幸が少し明るい表情になったのを見て、そのまま勢いをつけて話を進める。

「バレンタインに、その鈍感上司にチョコレートを渡せ」

「え？　いや、だって、そんな！　いきなり告白なんて、まだ心の準備が！」

動揺に目を白黒させる真幸に、そこまでしろと言っていないと落ち着かせる。

「マジの告白をしろってんじゃない。友チョコ感覚で職場の皆さんにって配って、その中で上司にだけちょっといいのを渡すとかでいいんだよ。それで相手の反応を見ろ」

あなただけは特別だと思っています、ということを形で表してみる戦略だ。それで相手がどう出るか、で今後の攻略方針を決めたい。

「だけど……変に思われたりしないでしょうか？」

「女性社員が職場で配ったりとかするだろ？　そんなノリで、軽ーく、な？」

元気づけるつもりで真幸の頭にぽんと手を置くと、さらりとした心地よい手触りに思わずそのまま、なでなでの体勢に入ってしまう。

「あ、あの……？」

「真幸はがんばってる。大丈夫。やれるさ」

今は人目がないせいか、真幸は戸惑いつつも抵抗はしない。トリートメントのおかげか、以前より艶《つや》やかで触り心地の良さが増している髪を存分に堪能する。

これだけイメージチェンジしても何のコメントもない鈍さでは、バレンタインも期待は薄い。それでもやってみる価値はある。お返しに何をくれるか、他の義理チョコへのお返しと差をつけてくれるかで、相手の気持ちも測れる。

とにかく何か行動を起こせと発破をかけると、真幸もやる気になったのか表情を引き締めて顔を上げた。

「分かりました。やってみます！　ついでに、別れた奥様がどんな方だったのかもリサーチしてみます」

「よし！　がんばれ、真幸！」

つい先日まで、ぐるぐる悩んでいただけとは思えないポジティブさだ。俯いてばかりだった冴えないオタク君だったのが、今はきらきらした眼差しで前を見つめている。

暇つぶしで始めたお遊びだが、自分のサポートでこんなに変わったのだと思うと気分がいい。

やると決めたら意外と前向きな真幸が、次にどんな行動を取るのか、なんだか楽しみになった。


滉一が帰って一人になると、真幸は自分の寝室へと引っ込み、昨日届いたばかりの雑誌を広げた。

「滉一さん……やっぱり格好いいな」

滉一の部屋で見た、滉一のインタビュー記事が掲載されたファッション雑誌。

ついさっきまで一緒にいた人を雑誌で見るなんて、やっぱり不思議な気がする。店内の写真を見て、その場所に自分がいたのだと思い返すと、夢の世界にいた気分になれる。

真幸は子供の頃、よく女の子に混じっておままごとをしていた。お父さんか子供役で、野菜も食べなきゃ駄目とか掃除の邪魔だとか叱られることの多い役だったけれど、それでも楽しい。それぞれの家庭の様子が反映されていると思うと、自分もその家族の一員になれた気がしたのだ。

空想やおままごとの中で、現実では味わえない世界をひととき満喫することが、真幸のささやかな幸せだった。

しかし、雑誌に紹介されるようなお洒落な美容院でカットして貰うなんて、空想すらしたことがなかった。

ネット書店で在庫を調べて読む用と保存用に二冊取り寄せたけれど、切り取って飾る用にもう一冊買っておけばよかったと後悔する。

「スキャナで取り込んで拡大すればいいか」

写真より実物の方が格好いいけれど、実物をこんな風にじっくりと眺めることなどできないし、隠し撮りではこんなカメラ目線の写真にはならない。

滉一はカメラの方を向いて、ごく自然に明るく笑っている。ただの証明写真でも顔が引きつってしまう真幸には、それだけのことでもすごいことに思えた。

この写真を見ていると、こんなに格好よくて優しい人が親身になって指導してくれているのだから、是が非でもがんばらなくては、とやる気と勇気が湧いてくる。

「本当に、素敵な人だな……」

滉一に切って貰った髪も選んで貰った眼鏡も、久保田には何も言って貰えなかったが、他の社員には好評だった。

自分がお世辞でも「格好よくなった」なんて言って貰えるなんて、本当に滉一に魔法をかけられて変身した気分だった。

滉一の勧めに間違いはない。恥ずかしいけれど、バレンタインチョコもちゃんと渡してみようと思えた。

「この写真、携帯の待ち受けにして、お守りにしよう!」

滉一に対する想いは、もはや信仰といえるレベルまで達していた。

雑誌の中の気に入った写真をスキャンし、画像ソフトで携帯電話の待ち受けに合うサイズに調節する。

これを見れば、いつでもきっと元気になれる。雑誌の中で微笑む滉一を、真幸は飽かず眺める。

そのうちに、ふと久保田の写真を一枚も所持していないことに気がついた。

「……でも、久保田さんの見た目を好きになったわけじゃないし、出社すれば必ず会えるし……ねぇ?」

自分自身に言い訳をしてみたが、どうもすっきりしない。もやもやの理由を、写真の中で微笑む滉一に問いかけても、答えは返ってこなかった。

バレンタイン当日、健闘を祈る、と滉一に送り出され真幸は、いつもより早く会社に着いた。

しかし今日の久保田は泊まりではなかったらしく、いなかった。人目のないうちに渡したかったが仕方がない。出社するのを待って久保田のデスクへ向かった。

「おはようございます。あの、プライベートなことで恐縮なのですが、少し相談に乗っていただきたいことが。で、これ、どうぞ！」

早く渡さなければと緊張していたせいか、いきなりチョコレートの箱を差し出してしまった。

「何だ？　別に貢ぎ物なんてなくても、相談くらい乗ってやるぞ？」

突然のことに目を丸くする久保田の顔を見て、今日はヒゲを剃ってきたんだ、なんてこれまた今はどうでもいいことが頭に浮かび、パニックに陥りそうになる。

落ち着かなくちゃと焦る心に、ふっと滉一の笑顔が浮かぶ。

――そうだ、携帯電話！

お守り代わりの滉一の笑顔が待ち受けの携帯電話を、ズボンのポケットに忍ばせていたのを思い出す。滉一が付いていてくれてるんだから大丈夫、と緊張に波立つ心を落ち着けた。

「いえ、これは、バレンタインなので……いつもお世話になっている久保田さんにもチョコレートをと思いまして」

「ああ、そうなの。そりゃどうも。で、相談って？」

軽く流されてしまったが、何とか受け取って貰えたことに安堵して、滉一に助言を受けて作り上げた、架空の相談話を持ち出す。

「実は、その、バレンタイン前に、彼女に振られまして……」

「へえ、彼女なんていたんだ。いつの間に見つけたんだ？」

かなり無理矢理なこじつけだったが、何とかそれらしい方向に舵が切れた。そのまま話を続ける。

「友人の紹介で」

「友人って……そいつの職業は？」

どこで知り合ったどんな子か、彼女についてはあらかじめ設定を練っておいた。しかし、紹介者についてまでは決めていなかった真幸は、頭をフル回転させる。

最近会った友人といえば大学時代の先輩だが、とっさに頭に浮かんだのは滉一だった。

「あの、えっと、美容師です！」

「へえ。美容師か」

いいねー、と何故かにこやかになった久保田に、真幸も同調してへらへら笑う。

滉一とならもっと自然に笑えるのに、どうしてこうなのか。

こんな場面でも滉一のことを思い出してしまい、彼に頼りすぎていることを自戒する。

「その髪型も似合ってるけど、友達に切って貰ったのか？」

「あ、気がついてくださってたんですか！」

見りゃ分かるよと素っ気なかったが、それでも似合っていると思ってくれていたのだと確かめられると嬉しい。俄然やる気が出て、必死に話を核心に近づけるよう努力する。

「で？　彼女に振られてイメチェンしたって話？」

「いえ、恋人と長続きするにはどうすればいいのか、ご結婚をされていた久保田さんに、何かアドバイスをいただけたらと」

「……俺、離婚したけど？」

「で、でも一度は結婚されてたわけですし、久保田さんは仕事もできていい人なのに、どうして奥様は離婚なんて……久保田さんで駄目なら、私なんて到底女の人と付き合えないんじゃないかと、心配になりまして」

露骨すぎるかと思ったが、相手を持ち上げて話を聞き出す作戦で、女心が分からなくて悩んでいるんです、と無理矢理にだが話を繋《つな》げた。

「ああ、女は分からんよな」

話しながら、久保田は無造作に真幸の渡したチョコレートの包み紙を破き、箱を開けるとチョコレートの形も見ないで口に放り込んだ。

「あ……」

「ん？」

どんなチョコレートがいいか、売り場を回って迷いに迷って選んだ、きれいなマーブル模様のハート型のチョコレート。滉一もいいチョイスだと褒めてくれた。それが鑑賞されることなく消えた寂しさを押し隠し、何でもない振りで話を続ける。

「いえ、あの……それで奥様とは、どう分かり合えなかったんでしょうか？」

「男の趣味に、まったく理解がなかったんだよ」

「というと、プラモ趣味を否定された、と」

たかが趣味とはいえ、好きな物を否定されるのは辛《つら》い。それはひどいと同調する真幸に、久保田はそうだろう、としたり顔で頷く。

「接合線消してるときに飯とか言われても、どうしろってんだよ」

「一緒に作ろうって誘わなかったんですか？　毎日メイクしてる女の人なら、アイラインを入れる要領で、枠塗りとか上手そうな気がするんですけど」

少しばかり専門的な会話を振ると、それまで無気力そうだった久保田の瞳が、明かりが灯ったように輝き出す。

「永瀬もプラモ、作るのか？」

「中学生の頃に少しやった程度ですけど……『ガレリオン』の零号機とか」

『新戦記ガレリオン』は、その当時に大ブームを巻き起こしたアニメで、プラモデルも数多く発売された。それが造形として美しかったので、真幸もいくつか作ってみたのだ。

「ああ、そっち系。あれは俺も参号機まで作ったわ」

そっちとはどっちなんだか分からなかったが、同じアニメを見ていた共通点があったことが嬉しくなる。

「キャラ的には誰が好きだった？」

「杏《あんず》ちゃんでしょうか」

いいねー、と笑う久保田に話を合わせると、会話はすっかりアニメとプラモデルの話になってしまった。

主に久保田が話して、真幸はそれに相づちを打っていただけなのに、話を終えて自分のデスクへ戻ると、ほっと身体の力が抜けて疲労感を覚えた。

好きな人と話せるなんて幸せなことのはずなのに、何故だろう。滉一となら、どんなに長く話していても疲れたりしないのに、と不可解な状況に首をひねる。

やはり好きな人が相手だから、気が張っていたせいだろう。疲れたけれど、プライベートな話をできるようになったなんて進歩だ、と真幸は前向きに考えておくことにした。

最近の滉一は、自分の部屋より先に真幸の部屋へ帰るのが日常になっていた。

今日は知り合いの美容師と情報交換を兼ねた飲み会だったので、夕飯はいらないと断った。それでも、エレベーターに乗れば、自然に4のボタンに手が伸びる。

「ただいま」

「あ、おかえりなさい」

リビングの扉を開けると、早かったんですね、と真幸は笑顔で向かえてくれる。

その姿に立ち尽くす。

眼鏡を外した真幸が、風呂上がりの濡れた髪をタオルで拭きながら、青と白のストライプのパジャマの上だけを着た状態でいたからだ。

湯上がりの石けんの香りが鼻腔《びこう》をうっとりとくすぐり、むき出しの白い足は視線を捉えて放さない。

「よっし！　いいぞ真幸！　順調な仕上がりだ」

「え？　え？　何がですか？」

恋人の帰宅を、こんなセクシーな格好で待っているなんて。しかも、全裸ではなくパジャマの上だけというチラリズムがニクい。

どこでこんなテクニックを覚えてきたのかと思ったが、真幸は困惑した様子できょろきょろする。

「あの、私のパジャマのズボンがその辺にありませんか？」

ちゃんと脱衣所に持っていったと思ったのに、どこへ置き忘れたんだろう、とソファの下を覗き込んだりする。

「何だ……俺へのサービスじゃないのかよ」

真相を知ってがっかりしたが、天然ボケな真幸だから仕方がないとあっさり諦めがつく。それに何にせよ、自分の前で惜しげもなく晒されている真幸の生足に目が釘付けになる。真幸は案外、着やせするタイプだったらしく、太もものあたりはそれなりに肉がついてむっちりしていて、触りごたえがありそうだ。

前屈《まえかが》みになるとチラ見えする、シンプルな黒のボクサーパンツと太ももの絶妙な白さのコントラストに、堪らなくそそられて思わず生唾を飲む。

じっと凝視《ぎょうし》していると、ソファの下にはないと分かって身体を起こした真幸が、弾んだ声を上げる。

「あ、あった！　夕刊の下敷きになってたんだ」

どうりで見つからないはずだ、とソファと新聞の間からズボンを引っ張り出して穿こうとする真幸から、思わずズボンを奪い取ってしまう。

「……何ですか？」

「もうちょっとだけ、見せて」

「そのズボン、そんなに珍しいですか？」

「え？　あ、ああ。すごい、手触りよさそうで……いいよな。すっごく、いい」

ズボンが気に入ったと思ったのか、安物ですけどいいでしょうなんてにこにこ微笑む真幸に生返事で頷きながら、滉一はズボンを見る振りでじっくりと真幸の生足を鑑賞した。


昨日の真幸の姿は、今思い出しても腰のあたりが熱く疼《うず》きそうになるほどエロかった。よく襲いかからなかった、と自分を褒めてやりたい。

「真幸の奴……可愛い顔して、とんだセクシーデビルだぜ……」

「デビルって、コウさん……何ナチュラルに錯乱してるんです」

開店前の準備をしながら、修司に真幸の話をするのが滉一の日課のようになっていた。おかげですっかり『真幸フリーク』になっちゃいましたよ、なんて皮肉られるが、真面目でボケてる真幸のことが面白くて、つい話題にしてしまうのだ。

「だっておまえ、あのセクシーさは小悪魔どころの騒ぎじゃねえぞ」

「だからって、手を出しちゃ駄目ですよ。あの人は、遊びで恋愛できるタイプじゃないんですから」

真幸とほんの少し会っただけで、何を分かったようなことを言っている、と鼻を鳴らしたが、修司はそんなもの一目瞭然《いちもくりょうぜん》で分かりますと笑う。

「真面目で誠実で、コウさんの今までの遊び相手とは明らかに人種が違う。あんな人を騙《だま》くらかしてどうこうなんて、人でなしのすることとです」

軽蔑しますよ、と釘を刺されたが大きなお世話だ。

「向こうが『恋人ごっこ』をしてくださいって頼んできたんだ。こっちはそれに付き合ってやってるんだから、多少のご褒美は貰ってもいいだろ」

「真幸さんと本気で付き合う気なら、それはいいと思うけどね。いつまでも遊び半分じゃ、ろくな相手に巡り会えないよ」

修司の口調が砕けるのは、『従業員』から、『友人』へと変わる合図。

「俺たちの職業は技術が第一だけど、話術でもリラックスして気分よくなって貰うのが大事だから、口が上手いのはすごくいいことだと思う。だから俺は、そういう意味でコウさんの本音を見せないところを尊敬してる。でも、お客様と恋人は違う。本音でぶつからないと、本当の恋人なんてできませんよ」

モップの柄に顎《あご》を乗せ、ラフな様子で真面目なアドバイスをしてくる。生意気な年下の友人に感謝しつつも、分かってるよとぞんざいに答えた。

仕事を終えた滉一が真幸の部屋へ帰ると、明かりはついているのにリビングに真幸の姿がない。真幸の自室であろう部屋をノックしても返答はなかったが、人の気配はある。

「……真幸？」

扉を開けてそっと覗き込むと、真幸は机のパソコンに向かっていた。

仕事に集中しているせいか滉一に気付かず、モニター画面を見ながら無心にキーを叩いている。

照明を絞った部屋の中でモニターの白い光を受けながら、すっと背筋を伸ばして細い指を駆使してキーボードを打っている。その姿は月光の下のピアニストのようで、見とれるほどに美しかった。

「何か……ピアノでも弾いてるみたいだな」

「ん？　……こ、滉一さん？」

思わず声を漏らすと、さすがに気付いた真幸が驚いた様子で振り返った。

「勝手に入ってごめん」

ノックはしたんだけどと言い訳を口にする滉一に、こちらこそ気付かなくて申し訳ないですと謝ってくる。あわあわ狼狽《うろた》える姿はいつもの真幸で、なんだかほっとする。

「俺はプログラムとかコードとか分かんないけど、キーボード叩いてるときの真幸は、きれいだと思うよ」

「き、きれいって……器用ってことですか？」

あくまでも自分がきれいで可愛いと認めない。そんなかたくなな部分も可愛く感じる。

愛《いと》しさに目を細め、俯く真幸を見ていて、パソコンに向かっているのにオタク君眼鏡でないことに気付いた。

「仕事中もその眼鏡なのか?」

「はい。みんなが似合うと言ってくれるので……嬉しくて」

会社では、相変わらずあのオタク君眼鏡だと思っていた。あんなにお気に入りだった眼鏡より、自分の選んだ眼鏡を喜んで掛けてくれているなんて、滉一にとっても嬉しいことだった。自分を認めて受け入れてくれている、素直な真幸が可愛くて抱きしめたくなる。

本当の恋人なら、迷わず抱きしめていた。でも、真幸は『恋人ごっこ』の相手。そこまでしていい相手じゃないし、過度なスキンシップが苦手な真幸を困らせたくない。そう自戒すると、ちくりとささくれを引っかけたみたいな小さな痛みを心に感じた。

「仕事、忙しいのか?」

それなら今日は宅配ピザでも取ろうかと提案したが、真幸はもう料理の下準備はできているという。

「仕事が忙しいときは無理しなくていいんだぞ」

「はい。忙しくなったときはそうさせていただきます。でもこれはただの役所からの書類なので、家ですませてしまおうと思っただけですから」

「何を面倒くさそうな物を押しつけられてんだ。人がいいのもいい加減にしとけよ」

役所から来た、オフィス環境について答えるアンケートだそうだ。その程度の書類で、自分が真幸と過ごす時間を奪われるのは我慢がならない。何より、お人好しな真幸が社内でいいように使われているらしいことに、胸がむかむかしてくる。

「人の弱みや利用価値を見つけるのが上手い奴は多いんだから、気をつけろよ。真幸がみんなのために尽くしても、感謝するよりもっと利用してやろうって企む輩もいるんだからな」

「そんなこと……」

「そうなんだ。人のために尽くしたら、いつか報われるなんて迷信だ。面倒なことは、ちゃんと断れよ」

「あなたは……本当にいい人ですね」

世間の薄汚さを説いてやっているのに、聖人を見るみたいにきらきらした目で見つめられ、のんきすぎる思考にめまいがする。

「はあああ？　おまえ、人の話をちゃんと聞いてなかったのか？」

「だって、私のことを利用しやすい奴と、そう思っているなら黙って利用すればいいのに、こうして忠告してくれるなんて。滉一さんはとてもいい人です」

「いい人じゃない！　そんなことにも気付かないトロい真幸にイラつくから教えてやってるだけで。……それに、俺は人を利用なんてしなくても、自分でちゃんと何でもやっていけるからな」

「……片付け、できないくせに」

珍しく的確な反論をしてくる真幸に思わず怯んで、滉一の方が視線をそらす。

「それは……得手不得手ってやつだ」

そんなに利用されたいならしてくれるわ！　と滉一は、手をつけていなかったもう一つの部屋を、真幸に片付けさせることにした。

「案外片付いているといいますか、こっちの部屋は物が少ないんですね」

食事をすませてから、滉一の家へと移動すると、通された部屋を見回した真幸は、ほっとした表情になった。最初に見た、寝室の惨状と同程度の散らかりを覚悟していたらしい。

「……ここは、彰が使ってた部屋だからな」

元彼の彰が置いていったのは、古い座椅子や扉の壊れたＤＶＤラックなどの完全な不要品だった。彼がまたこっちへ戻ってきたら、なんて微《かす》かに期待して捨てられずにいたけれど、もうすべて処分することにした。

何故そんな気持ちになったのか、それは分からない。

とにかく全部いらないものだとしても、分別はしなければと二人でチェックする。

「ラックにゲームソフトが入ってますけど、どうします？」

「ゲームか。最近は全然やってないけど……」

「『スキットレース』じゃないですか！　懐かしい」

彰はどんなゲームを持っていただろう、とソフトをあさる滉一の手元を覗き込んでいた真幸が、一枚のソフトに目を留めて弾んだ声を上げた。

『スキッドレース』は、滉一達二十代後半世代が小学生の頃に大流行したレーシングゲーム。このソフトはその復刻版だ。

最近はやっていないが、ゲーム機はまだある。掃除を中断し、休憩がてらにやってみようとゲーム機のあるリビングへ移動し、テレビの前の床に座り込む。

「私は下手なんで、手加減してくださいね」

「そうなのか？　こういうの得意そうなのに」

パソコンを使う仕事の人がみんなゲーマーだと思うのは偏見です、と真幸は肩を怒らせる。強気な仕草が珍しくて、鼓動《こどう》がとんっと速まった。

突然の動悸《どうき》に戸惑う滉一に気付かず、真幸は嬉しそうにゲーム機にゲームをセットする。

「子供の頃、家にゲーム機がなくて、友達の家でやらせて貰うだけでしたから、本当に久しぶりです」

「親からゲームを禁止されてたのか」

「禁止されていたわけじゃないですが……パソコンは、小学生のときに伯父《おじ》さんのお古を貰って持ってたんですが、ゲーム機は高校生になってからバイト代で買ったんで」

ゲーム機がない真幸は、友達の家でさせて貰ってもいつもビリで、下手くそとなじられてそのうち誘われなくなってしまったという。

まずはお手本を見せてくれと言われて滉一がゲームを始めると、真幸はわあっと声を上げた。

「今のスピン、すごいですね」

「ここはな、観客席にターバン巻いた奴が見えた瞬間に、ハンドルを思いっきり切ればいいんだ」

攻略本やファンサイトを見て研究し、サルのようにやり込んだのを思い出す。真幸にもコツを教えてやって、一緒にコースを走らせてみるが、真幸のマシンはすぐにコースアウトしてしまう。

「私は反射神経が鈍いんです」

「そんなことないだろ。タイミングの問題だって。ちょっと、待てよっ、と」

真幸のすぐ後ろに座り、二人羽織の要領で真幸の手の上からコントローラーを握る。密着した体勢だが、ゲームに気を取られている真幸はすんなり滉一の腕の中に収まった。

「真幸は、途中で画面から目を離してコントローラー見るから駄目なんだよ」

パソコンのキーボードの上ではあんなになめらかな指さばきだったのに、コントローラー相手にはてんでめちゃくちゃな真幸の不器用さに笑ってしまう。

滉一がコントローラーの操作を手伝い、真幸は画面に集中させる。

「ここでっ、インド人を右に！」

「ホントだ！　できた！」

華麗にドリフトするマシンに歓声を上げる、無邪気に喜ぶ真幸が可愛い。

それに、久しぶりに間近に感じる体温と人肌《ひとはだ》が気持ちいい。真幸が大人しくしているのをいいことに、そのまま覆い被《かぶ》さってゲームを続ける。

画面に合わせて微妙に揺れる身体や頬をくすぐるなめらかな髪に、ムラムラと邪《よこしま》な感情が湧いてくるのを、ゲームに集中することで押さえつける。

「最近、久保田さんと趣味について話すようにしたら、会話が増えました」

真幸はコントローラーの扱いに慣れてきたのか落ち着いたもので、想い人の久保田の話を始めた。

滉一さんのおかげですと感謝されても、少しも嬉しく感じない。

真幸が見知らぬ男と親しげに話している様子を想像するだけで、胸の辺りがむかつく。

上手くいったら、その男ともこんな風にくっついてゲームをしたりするんだろうか。

「……そいつも、ゲームとかすんの？」

「久保田さんは、アクションゲームはするそうですが、レーシングゲームはしないそうです。だから、この技は披露できないだろうな」

せっかく覚えたのに残念、と笑う真幸に何故か無性に腹が立つ。

「んじゃあ、やめるか」

「いいえ。確か、海辺のコースがありましたよね？　あそこをやってみたいです」

真幸は、滉一の胸にもたれかかるように、振り返って見上げてくる。前は隣に座るだけでカチコチに固まっていたことを思えば、大した進歩だ。

恐がりで部屋の隅に隠れていた猫が、膝《ひざ》の上に乗ってくれるようになった。そんな感じがして、思わず真幸を抱きしめる腕に力を込めてしまう。

「滉一さん？　眠いんですか？」

「んー、まあ……ちょっとな」

そういうことにして思い切り寄りかかり、真幸の体温や匂《にお》いを満喫する。

着る服も、髪の色も、使うシャンプーも、すべて自分の思い通りになる男。けれど、その身体も心も、自分のものではない。

自他共に認める遊び人としては情けない限りだが、自分に気のない男の相手なんて、したことがないからどうすればいいのか分からない。

もどかしさに、歯ぎしりするしかないなんて。

「お疲れのところを無理に付き合わせてしまって、申し訳ないです！」

しかし、そんな滉一の気持ちに気付かぬ真幸は、体調を気遣ってくれる。

ゲームも掃除の続きもまた明日にしましょう、と帰ろうとする真幸を引き留めたい。

「真幸！」

名前を呼べば、真幸は立ち止まって振り返るが、引き留める言葉を思いつかない。でも呼び止めてしまったからには何か言わなければ。

「……明日の朝飯、何？」

「明日はパンです。ベーコンエッグのつもりでしたが、スクランブルエッグとソーセージの方がいいですか？」

「ベーコンエッグでいい」

「玉子は片面焼きで、ベーコンはカリカリ、ですね？」

いつもそうして貰っているので、ああ、と答える。ただ側にいて欲しいだけだから、他の話題が浮かばない。

「じゃあ、お休みなさい。また明日」

帰っていく真幸を、引き留めることもできずに音だけを追いかける。玄関の扉が開いて、閉まる。

そこで、音は途切れた。

数分後、真幸はもう部屋へ帰り着いただろうかと床に寝転ぶ。この下に真幸がいる。けれど耳を凝《こ》らしても階下の音は聞こえない。静かな室内に、自分の漏らすため息がやけに響く。

寒さと寂しさはなんだか似ていて、どちらも心まで冷たく凍えさせる。

「真幸……」

応えのない名前を、それでも口にするだけで心に温かさを感じる。さっき腕の中に感じた体温を思い起こすと、身体の芯が熱を帯びる。

「真幸を……抱きてぇな……」

寒いから。最近、やってなくて溜《た》まってるから。

でもただ性欲を発散したいだけなら、今からでもゲイバーに出かけて誰か見繕えばいいのだろうが、そんな気にはなれない。

誰かを抱きたい理由はいくらでも思いつくのに、その誰かが何故真幸なのかの理由は、見つけられないのか、見えない振りをしているだけなのか。

自分の心が分からないまま、滉一は陸に上がった魚みたいにだらりと力なく転がっていた。


三月十四日。

真幸がカレンダーに印をつけて指折り数えて待った日は、義理チョコをくれた女子社員にキャンディーとハンカチのセットをお返しに贈る、平凡なホワイトデーとして終わった。

今年はどういうわけか別の部署の女子社員からも義理チョコを貰い、お返しにかかる金額が多くなって参ったが、それ以外は例年通り。

久保田の周りを必要以上にうろついてみたが、一度も呼び止められることはなかった。

「滉一さんに、何て言えばいいんだろう……」

せっかく提案して貰ったのに結果が出なくて、申し訳ない気持ちで一杯になる。自分でそれっぽいキャンディーでも買ってきて「貰った」と嘘をつこうかとも考えたが、ごまかしはよくないと思いとどまった。

久保田からのリアクションがなかったことより、滉一ががっかりするのでは、とそちらを気にしている自分に気付かぬまま、真幸は滉一に結果を報告した。

「ただの友チョコだったわけだし、そんなに気にするな」

ソファに座って項垂れる真幸の肩に手を置き、滉一は成果が出なかったことを、責めることなく明るく励ましてくれる。

失望されていない様子に安堵の息をついたが、それをため息と思ったのか、滉一は肩に置いた手に力を込めて真幸を抱き寄せた。

「こ、滉一、さん？」

触れ合う密度が上がり、それに合わせて心拍数も上がる。

最近は、滉一と過ごす時間も増えて、前みたいに緊張することはなくなった。そのはずなのだがふとした折、こんな風に胸が苦しくなる。

不整脈だろうかと心配になるが、滉一といるとき限定な気もする。ストレスが主な原因といわれる不整脈なら、こんなにくつろげる人の側にいて起こるはずがない。

原因不明の症状に、不安が胸に広がる。

「――だけど、この先もし、その上司と上手くいったとして、あっちの方は自信あんのか？」

耳元で、こっそり秘密を打ち明けるみたいに囁かれ、何事かと滉一の方を見ると、至近距離で目が合った。あまりの近さにどぎまぎしてしまう。

今のは不整脈じゃなく、いつ見てもきれいな顔にときめいただけ。きれいな人を見て心が騒ぐのは自然なこと。

少々こじつけくさいが、動悸の説明がついて胸をなでおろす。とにかく今は会話に集中することにした。

「あっち、とは？」

「セックスだよ。男同士、どうするのかって分かってんの？」

「それは！　そのっ……はい」

ネットで調べて一通りのやり方は理解したし、動画も見た。けれど、気持ちよさそうにしているものもあれば、痛そうなのもあって、それが個人差なのかやり方の問題なのか分からなかった。

「一人でするときは、上司のことオカズにしてるのか？」

「お、おかずって！　……そんな……そんなことしてません」

「じゃあどうしてるんだ？　まさか、やってないわけじゃないだろ？　一人エッチ」

「最近は……その、してません」

男ならしていて当然の生理現象だ。真幸だってそれなりにやってはいた。けれど去年の暮れから、本当に一度もしていない。

「してないって、何でまた」

素直に告げると、滉一は驚いたというより心配げな顔をしてくれるので、別に体調に異変があるわけではないからご心配なくと頭を下げる。

正直な話、ドラマや映画のラブシーンを見て気分が盛り上がり、もやもやするときはある。そんなときは、もやもやを抱えたまま無理矢理に寝た。

もう一つの、男の生理現象を期待して。

「好きな人がいて、体調も悪くなくて、それでしてないってどういうことよ？」

「いろいろとわけがありまして」

「わけって？」

執拗《しつよう》に訊ねられ、真幸は何もかもぶちまけようと腹をくくった。

覚悟を決めて滉一と向き合うと、改まった雰囲気に滉一の方も緊張が移ったのか姿勢を正す。

「そもそもですね、ことの始まりが夢精だったわけです」

「は？　夢精って……上司とやる夢を見て？」

「い、いえ！　そんな……そこまで具体的だったわけじゃなくてですね……」

話さなければ、どんどんいかがわしい夢を見たと誤解されるばかりだ。真幸は、久保田を意識し始める切っ掛けとなった夢の内容を話すことにした。

「夢の中で、久保田さんと一緒にお風呂に入ってたんですよ。温泉とかじゃなく、普通の家庭用のちっちゃいお風呂の湯船に二人で浸かって、何の話だったか話していてとても楽しくて……お湯が温かくて、たまに触れる肌の感触みたいなものも心地よくて……それで……」

「それで？」

「目が覚めたら……その……そういう状態になってました」

「そういうって？」

「ですから、夢精……してしまっていたわけです！」

自分の話し方が悪いのか、涅一は事態を察してくれなくて困ってしまう。なんだかにやにやされている気がするが、気恥ずかしくてしっかり顔を見ることができない。仕方なく匂わすのをやめて、はっきり言い切った。

「でもですね、一応そこに至った理由はあったんです。その日は寒くって、ちょうど駅前スーパーの溜まったポイントで貰った電気毛布があったのを思い出して、初めて使ってみたらそれがすごく温かくって気持ちよくって！」

開き直って話したものの、やっぱり恥ずかしい。言い訳がましいと思うが、事細かに説明してしまう。

それでようやく滉一にも話が通じたのか、納得した表情で微笑んだ。

「何だよ。それじゃあ別に、その上司ってのは関係ないじゃん」

温かくって気持ちいい電気毛布を使った日に、たまたま見た夢に上司が出てきただけだろう、と言われてしまえばそうかもしれない。

「やっ、でも、だって！　すごく楽しいというか、き、気持ちよかったんです。その夢……」

「たかが夢だろ」

こんなにまで心をかき乱されている切っ掛けを鼻で笑われ、たかが夢で片付けられては堪らない。必死でことの重大さを訴える。

「夢精なんて学生時代以来ですよ！　目が覚めたときも、幸せな気分でした。それに、現実でも久保田さんはとても優しくて、いろいろと気遣ってくれて――」

「普通、上司だったら部下のこと気遣って当たり前だろ。俺だってうちのスタッフには気を配って、優しくしてやってるぞ」

「でも久保田さんは、私には特に優しくしてくれるんです」

「それで……好きになったのか」

滉一の口からため息みたいに吐き出された言葉は、呆れた響きを持っていた。

確かに自分でも単純だとは思うけれど、それでも他の人と自分とに対する久保田の態度は、明らかに違う。

いつ頃からかは定かでないが、去年の十一月の半ば辺り。久保田が離婚をした頃からだった。だから、女性との付き合いに幻滅し、男同士の付き合いを大切にしようと思っただけかもしれない。

でも真幸は、優しくされて嬉しかったのだ。

「それで自分が本当に男性に、その……欲情してしまうのかって、またあんな夢を見るか確かめたくて禁欲してみたわけですが、いざ待ってみるとなかなか夢精ってできなくて……」

難しいものですねと考え込むと、滉一も一緒に悩んでくれているのか、眉間に皺を寄せて難しい顔をする。

「男で欲情するかってことなら、今すぐ確かめられるぞ？」

「本当ですか？」

さすが本物のゲイは物知りだ。恥ずかしかったけれど滉一に相談をしてよかったと身を乗り出す。その頭を、一気にぐっと引き寄せられる。

額がくっつきそうな距離に、驚きすぎて反応できない。

「俺と、やってみればいいんだよ」

「はい？」

何をすればいいのか。分からずに首をひねると、滉一はそのまま真幸の顎を片手で持ち上げる。まるで、キスするみたいに——

「えっ？　ちょっ、ま、待ってください！」

両手で滉一の胸を押して距離を取る。予想外の出来事に、心臓がばくばくいって胸が苦しくなり、肩で息をしてしまう。

「やっぱ、好きじゃない人とはキスできない……か」

「いえ、だって……キスは、ごっこの範囲を超えてますから……」

優しい滉一はきっと、ホワイトデーのお返しを貰えなかった真幸を慰めてくれるつもりなのだろう。

しかし同情でキスして貰うなんて、情けなさすぎる。滉一の唇は、きっと柔らかくって温かいんだろうな、などとときめく心臓を無理矢理に押さえつけた。

「なるほどね。じゃあキスはいいとして、男のものを見て、触って、ちゃんと欲情できるかだけ確認してみよう」

「それは、つまり……私と、滉一さんが……？」

「恋人ごっこの相手と触りっこしましょ、ってだけだろ」

遊びに誘うみたいに軽い口調で提案されたが、その内容はとんでもなかった。

できない、無理とぶんぶん首を振ったが、そんなことでどうすると叱責《しっせき》される。

「向こうもその気になってから、やっぱり無理ですなんて通じると思うのか？　自分から誘っといて失礼だろ」

「でも、そんなの……滉一さんにそこまでさせてはご迷惑じゃあ……」

そう言われるとそんな気もしてきたが、やっぱり恥ずかしいし『ごっこ』でそこまでして貰うのは申し訳ない。

けれど滉一はそんなに深く考えなくても、とあっさりしたものだった。

それが、なんだか小骨が胸に刺さったみたいに痛く感じた。

「俺は別に。ただの射精なんて、一人でやるのも二人でやるのも一緒だろ」

「そ、そうですか？」

強く言い切られると、男同士でそんなに恥ずかしがることでもない気がしてきた。

小学生の頃、真幸も無理矢理参加させられたことがある、おしっこがどこまで飛ぶか競う『飛ばしっこ』の大人版と思えばいいのだろうか。

真幸は恥ずかしかったが、みんなは楽しそうにやっていた。これも過剰に恥ずかしがる自分の方が少数派なのかもしれない。

それにせっかく滉一が提案してくれていることを断ったりしたら、もう『恋人ごっこ』を続けて貰えなくなるかもしれない。

——そうしたら、滉一に会えなくなってしまう。

そんなのは嫌だ、と抵抗する気はきれいに消え失せた。でもどうすればいいのか分からず、ただ俯いて座っていると、滉一は真幸のズボンのファスナーに手をかける。

「あ、あのっ、こ、ここで、するんですか？」

「ああ。ソファが汚れたら困るか？　この膝掛け使おう」

滉一は、ソファでテレビを見ながらうたた寝するとき用に置いてあった膝掛けをソファに敷いて、その上に座らされる。

「……こ、滉一さん……」

「ん？」

てきぱき進める滉一に、諾諾と従ってしまう。不安が押し寄せても、滉一の自信ありげな様子を見ていると、任せて大丈夫と思えた。

「よ、よろしくお願いします」

「任せろ」

頭を下げてお願いすると力強く頷かれて、優しい笑顔を向けられる。今は自分だけのものにできる極上の笑顔に理性は蕩《とろ》けて、真幸は一切の抵抗を放棄した。

「じゃ、ちょっと触ってみようか」

「んっ、ん……」

初めて他人に性器を触られる感覚に、妙な声が漏れる。口を閉じても鼻から抜ける分はどうしようもない。

上は着たままだが、下はすべて脱がされた。

恥ずかしかったが、並んで座った滉一も同じように脱いでくれた。二人で同じことをするんだから、恥ずかしがることはない。

そう気持ちを落ち着けようとしても、心拍数は跳ね上がるし、頭は混乱するしで、とっさに目を瞑ってしまう。

「真幸。ちゃんと見なきゃ意味ないだろ」

「あ、そうでした」

滉一に指摘され、ぎゅっと強く瞑っていた目を開けると、チカチカした残像が見える。でも、実際に見える光景の刺激の方が遙《はる》かに強くてめまいがしそうだ。

自分のものは、銭湯などで他の人のと見比べた自己判断だが、標準的だと思っていた。しかし、滉一のと並ぶと貧弱に見えた。

そのくせ、ちょっと滉一の手で触れられただけでもう反応し始めているのが気まずくて、つい八つ当たりしてしまう。

「そんな、おっきいのと並べないでください！　恥ずかしい」

「真幸……何気にいいな、その台詞」

滉一が何を喜んでいるのか理解する余裕がない。とっさに俯いて目を背けてしまう。

「だーから、ちゃんと見ろって」

呆れられても直視するのは恥ずかしくて、横目でチラ見してしまう。

そんな真幸に呆れたのか、滉一はため息をつき、真幸の両肩を摑んで自分の方を向かせた。

「俺の膝の上に乗っかれよ」

「え？　あの！」

何を言われたのか理解するより先に、向かい合い足を開いて滉一の膝の上に跨《また》る格好にされる。

そのまま腰を抱き寄せられると、互いの性器が密着する。

「そ、そんなっ……」

自分のものが暴発しそうに熱いと思っていたのに、滉一のものはさらに熱く感じて、ぶるりと背中に戦慄《せんりつ》が走る。

思わず反らした背中を片手で抱き寄せられる。

「真幸、危ないから、俺に摑まってろ」

見つめられると、魔法にかけられたみたいに逆らえなくなってしまう。言われるまま前のめりになって滉一の肩に手を置くと、滉一が微笑んで見上げてくれる。

「そうだ。そのまま、じっとしてろよ」

言いながら、滉一は両方を握って扱《しご》き始める。

滉一の長くてしなやかな指が、自分の性器に触れている。信じられない光景に目を瞑ると、なおさらに触れられている部分に意識が向く。

「あっ、あ、あっ……こ、滉一、さ……あ、あっ」

さっきからすべて滉一任せで、自分も何かした方がいいのではと思うのに、滉一の手の動きに合わせて漏れる情けない自分の声に遮られ、まともに話すことすらできない。

「真幸……気持ち、いいか?」

「は……はい……気持ち、い……んっん」

滉一の声も真幸の呼吸と同じくらい弾んで、擦《かす》れていて、妙に色っぽい。

気持ちいい。気持ちいい。ただひたすらそれだけが頭の中に渦巻く。俯いて滉一の首元に顔を伏せると、滉一は髪に頬ずりしてくる。

滉一がカットして染めてくれた髪。それがふわふわ揺れるたびに、なんだか自分のすべてが滉一のものになった気がして、堪らない安心感に包まれる。

夢精したときの気持ちよさなんて、遙か彼方《かなた》に置き去りにしたみたいに遠く感じ、今のこの快楽に溺《おぼ》れる。

「ううっんっ、んっ!」

最近は自分でも触れていなかったそれは、滉一の手の中であっけなく弾けてしまった。滉一は真幸の限界を察していたのか、いつの間にか取り出したハンカチで受け止めてくれたおかげで、服を汚さずにすんだ。

「す、すみません……」

「いいよ。気持ちよくなってくれてよかった」

優しく、俯いた顔を覗き込まれて赤面する。こんなときまで優しいなんて反則だ。

「で、でもっ、私だけ気持ちよくなってしまって……滉一さんは……」

俯いて確認すれば、滉一はまだ力強く勃ち上がっている。それにもたれかかるように、くったり項垂れている自分の性器の情けなさに肩を落とす。

「え？　あの！　ひっ」

「悪いけど、もうちょっとだけ付き合って」

イったばかりで敏感になっている部分を再び一握りにされ、身体がすくむ。けれど滉一はまだイっていないし、勝手に一人でイった自分が悪い。そう思うと拒否はできなかった。

何より、熱のこもった滉一の声と眼差しに、射すくめられたみたいに動けなくなる。このまま滉一のものになってしまいたいとすら思う。

「ひゃっ、うっ、だ、めぇ……そこ、うっんっ」

「ちゃんと、ちゃんとしっかり摑まっとけ」

滉一もじれているのか、さっきより激しく扱かれ、もう片方の手で先端の鈴口をいじられてのけ反りそうになる。だが、滉一の言葉で僅《わず》かばかりの理性が働き、滉一の首筋にしっかりと腕を回す。

それを確認すると、滉一はさらに自分の腰を使って突き上げるように身体を揺さぶってくる。

「駄目、駄目ぇ、あー、あっ」

駄目だと言いながらも離れたくなくて、滉一の首筋に縋り付く腕にはますます力が入る。身体の奥が疼いて、自分も腰を振りたくて堪らなくなる。でもそんなことをして笑われたり迷惑をかけてしまったら、と思って必死に我慢した。

自分のものが熱を取り戻しているのは、見なくても分かる。さっきより滑って気持ちいいのは、自分が放った精液が絡みついているから。

それに気付くと、顔から火が出そうな程恥ずかしくなる。それでも羞恥より快楽に心を奪われて、滉一に高められるままに感じてしまう。

「真幸……はぁ……真幸」

「滉一さんっ、滉一……っ」

俯くと、滉一が髪に頬ずりしながら名前を呼んでくれる。その声に応えながら、今度は二人一緒に高みに到達した。

滉一は事後、大丈夫か、気持ち悪くないか、と散々真幸を気遣ってくれた。けれども一緒にいるのはいたたまれなくて、大丈夫だから、もう寝るから、と追い返すように自分の部屋へ帰って貰った。

汚れた膝掛けを洗濯機に押し込んで誰もいないリビングに戻ると、なんだか普段通りなのに違って感じる。

暖房は効いているのに、妙に寒々しい。

まだ自分の中に熱がこもっているせいかもしれない。落ち着こうとさっきまで滉一と座っていたソファに座ると、腰のあたりがもぞもぞする。久しぶりで、二回も達して、すっきりしたはずなのに何か物足りない。

ただ男同士で射精できるか実験しただけ。それだけのことに、こんなに動揺してしまうなんて。

「だって……男の人と、なんて初めてだったし……」

口にしてから、女の人とも経験がなかったと落ち込む。俯けば、自分の股間《こかん》に目線が行って、慌てて顔を上げる。

そこを、あのしなやかな指で触られた。

滉一のきれいな手を、自分が汚してしまったなんて。申し訳なさと、それとはまた別の感情が胸の中に渦巻く。

精液でべたべたになった手に、ものすごく興奮した――。

思い出すだけで胸が苦しくなって、ぎゅっと胸の上で拳を握りしめる。

さっきの光景が、心から離れない。滉一のは、熱くて脈打っていた。自分のものより立派だった。他人の性器をあんなに間近で見たのは初めてだ。

せっかくだから自分も触っておけばよかった――忘れようとすればするほど、記憶は次から次へと蘇ってしまう。

「ああいうの、カリ高って言うんだよね……」

格好いい人は性器まで格好いいんだ。落ち込むよりも感心する。熱くて硬くてヌメヌメと淫靡《いんび》な光を放っていた。思い出すのをやめようと目を閉じても、瞼《まぶた》に浮かんで余計に意識してしまう。

「と、とにかく、私は男の人とセックスできる！　と、思う。多分、きっと！」

それを確かめられたのは、通常のゲイの人にとっては小さな一歩かもしれないが、真幸にとっては大きな一歩だった。

それもこれも、滉一の貢献があってこそ。

滉一がこんなにまでしてくれているのだから、絶対に久保田との恋は成就させなければならない。

がんばろうと思う動機が思いっきりずれていることに気付かぬまま、真幸は自分に気合いを入れた。


今日もまた、真幸は髪を染めて貰うために『D─F』へ向かう。

美容院も三度目ともなると、さすがに慣れてきた。最初の緊張しまくっていた自分が嘘《うそ》みたいに、楽しみでわくわくと心が弾む。

あの長くてきれいな指先が自分の髪に触れると、魔法にかかったみたいにうっとりと彼にすべてを任せてしまう。

この心地のいい時間がずっと続けばいいのに、なんて思うほど、美容院を気に入ってしまった。

まだ店内に客の姿はあったが、外で待つことなく中へと入ると、迎えてくれた滉一《こういち》が、顔を近づけてこっそり耳打ちしてくる。

「あちらのお客さんで最後だから、真幸《まゆき》のがすんだらすぐ出かけよう」

奥のカット台で、修司《しゅうじ》がカットしている客で最後だという。

まだお客さんがいるからプライベートな会話はこっそりしないと、という意味しかないと分かっていても、耳朶《じだ》をくすぐる声にぞくりと鳥肌《とりはだ》が立つ。

あの『触りっこ』をしてから、ずっと微熱が続いているみたいな火照《ほて》りが身体《からだ》の奥にあって、それが滉一に触られたり近くに感じたりするだけで表に出てくる気がする。

一緒にいると気恥ずかしいのに、離れているとまたすぐに側に行きたくなる。矛盾した自分の気持ちに振り回されて目が回る、そんな不思議な気分だった。

今日も滉一を見ていると顔が火照って熱くなる。それを気付かれたくなくて頷《うなず》く振りで俯《うつむ》いた。

最近は真幸の残業が多く、あまり一緒に夕食を取れないでいたので、今日は帰りに滉一と一緒に外食する約束をしていた。

カットが終わればすぐに出かけられるよう、真幸が最後の客のはずだった。

しかし、髪を染め終えてカットをして貰《もら》っていたとき、かかってきた電話に出た里香《りか》が思案顔で滉一を呼んだ。

「菊川《きくかわ》さんからなんですけど、どうしても今から頼みたいそうです」

「えー、マジか……シュウ、ちょっと頼む」

予約以外のお客は断っているといっていたが、電話の相手はよほどの常連さんらしい。

電話の応対に出る滉一に代わって、修司がカットに来てくれた。前と同じでいいからと指示された修司は、了解と答えて真幸の髪にはさみを入れていく。

修司の手さばきは、滉一と変わらぬほどてきぱきしている。けれど、妙に緊張して身を固くしてしまう。

それに気付いたのか、修司が気さくな調子で話しかけてきた。

「菊川さんは、ファッション業界では有名なブロガーさんでね。うちのこともずいぶんブログで宣伝してくれたから、無下にはできないんだよねー」

「滉一さんも修司さんも腕がいい上に、お店の雰囲気もいいですから、人気が出るのも納得です」

頭を動かさないよう視線だけ電話している滉一の方へ向けると、滉一と目が合う。その表情から自分との約束を気にしてくれていると分かって、それだけで嬉《うれ》しくなる。だから気にしないで仕事を入れて欲しいという意味を込めて微笑《ほほえ》んで頷くと、滉一は片手ですまないと拝むジェスチャーをした。

それから滉一は相手からのリクエストでも訊《き》いているのか、何やらタブレット端末をいじりながら話し続ける。忙しそうな様子を目《ま》の当たりにして、滉一が売れっ子美容師なのだと実感した。

今日は一緒に食事に行けないと分かると、空腹感まで消えていく気がする。むしろ胃に何か溜《た》まったみたいな不快感に、思わず深いため息を吐いた。

ふと視線を上げると、鏡の中の修司と目が合う。

「真幸さんって、もしかしてコウさんのこと好きじゃないですか?」

「はい。好きですよ?」

当たり前だ。あんなに素敵な人を好きじゃないはずがない。どうしてそんなことを訊くのか首をかしげると、修司は小さくため息のような呟《つぶや》きを漏らす。

「コウさん……ファイト……」

なんだかよく分からないが、修司も多忙な滉一を応援している。そう思うと自分のことのように嬉しくなって笑顔になれた。

「修司さんと滉一さんは仲がいいんですね」

修司は、ただの腐れ縁ですと笑ったが、ふいに真顔になる。

「コウさんは素直じゃないし言葉もきついけど、いい人です。だから真幸さん、見捨てないであげてね」

見捨てられないようにするのは自分の方だ。滉一の仕事の邪魔をしたりしないよう気をつけなければ。

電話を終えて真幸の元へ戻ってきた滉一は、真幸の髪を見るなり修司に向かって顔を顰《しか》めた。

「サイド、ちょっと透きすぎじゃね?」

「いや、もう春なんだし、これくらい軽い方がいいでしょ」

「んー……けどなぁ。これじゃ、バックももうちょっと切らなきゃバランス悪いだろ」

すぐにはさみを手に取り、真幸のカットを再開する。滉一の小気味のよいはさみの音が耳に心地よくて、うっとりと聞き入る。

「ごめんな、真幸。もう一仕事入ったから、飯食いに行くのはまた今度な。遅くなるから、俺のことは気にしなくていいよ」

「いえ、待ってます」

「いやー、あの人は注文が細かいんで二時間はかかるから」

滉一と一緒に食事をしたかったけれど、待たれていると迷惑かと察し、見捨てられないよう分かりましたと聞き分けよく答えた。

「その代わり、何か作っておきます。何がいいですか？」

「真幸……」

何故《なぜ》か手を止めた滉一を振り返ったが、滉一は真幸を見つめるばかりで何も言ってくれない。

「滉一さん？　何か食べたい物ってないですか？」

「食べたい物……ね」

突然聞かれて悩んでいるのか、滉一はやけに真剣な表情で考え込み、真幸の頬《ほお》にそっと指を滑らせる。

顔にカットした髪の毛がついていて、それを払ってくれているのだろうと思ったが、唇《くちびる》を親指でなぞられて、思わずぴくついてしまう。

「あの？」

「……襟足《えりあし》、ちょっと短くしちゃったけど、どう？」

訝《いぶか》しむ真幸に、滉一は真幸の髪を手櫛《てぐし》で整えて鏡を見るよう促す。

正直なところ、真幸にはほとんど違いが分からなかったが、他のスタッフにも「春っぽい」「可愛《かわい》い」と言われて、滉一の腕を褒めているのだと分かっていても嬉しくなった。


滉一の店から帰るときはいつも、タンポポの綿毛みたいなふんわりした気分になれる。けれども今日は、滉一と一緒に帰れないせいか、雨に濡れたタンポポの綿毛みたいにしょぼくれた気持ちだった。

一人で帰るのは寂しくて、人恋しい気持ちが真幸の足をショッピングモールへと向けさせた。

モール内の店舗に並ぶ春物の服に、いつの間にやら三月も半ばを過ぎていたと気付く。

滉一と知り合ってまだ二ヵ月なのに、もっとずっと長く付き合っている気がする。彼が側にいないことの方が物足りなく感じた。

滉一に、自分はいいから真幸は気にせず食べておいてくれと言われたが、自分だけ外食する気にはならない。

——やっぱり滉一と一緒に食事がしたい。

ショッピングモールで買い物をしている間に時間が過ぎたことにしようか、それともここで待っていると正直にメールを入れた方がいいだろうか。

考えながら携帯電話を手にしたちょうどその時、滉一からメールが来た。

「……え？」

まるで以心伝心のようで嬉しくなって、弾む心で開いたメールに絶句する。

『晩飯付き合わされることになった　ごめん』

わざわざ断らなくてもいいことをメールしてくれたのだから、ありがたいと思わないと。自分は本物の恋人ではないから、滉一が誰と一緒に食事しようが文句を言える筋合いはない。それに、これも滉一の仕事の一環。滉一に見る余裕があるかどうか分からないが、気にしないで、お疲れ様です、と簡潔にメールを返した。

何を買うわけではなくても、電気屋をうろついていると時間はあっという間に過ぎてしまう。

店内に流れる閉店を告げる音楽で、もう九時前だと知る。滉一の店を出て二時間。そろそろブロガーさんのスタイリングも終わった頃だろうか。

これから二人が一緒に食事に行くのかと思うと、胸の奥がちりちり痛む。

「胃が、痛い？　お腹《なか》が空《す》きすぎたのかな……」

何か食べた方がいいかと思ったが、もうフードコートもレストラン街も閉まってしまう。家であり合わせの物を食べようと、真幸は一人で帰路についた。

帰宅するには、滉一の店の前を通らなければならない。店の看板の明かりを目指すように進んでいくと、五十メートルほど手前に来たところで、ふっと看板の照明が消えた。

思わず目の前の電柱に隠れて様子を窺《うかが》うと、細身の黒のワンピースに赤のピンヒール、とまるで女優かモデルのような格好の女性が、滉一にエスコートされて出てきた。

髪は赤っぽい茶色に染め、高くふんわりと結《ゆ》い上げられていた。

とてもきれいだけれど、あんな頭で今晩どうやって寝るんだろう、もしかして今夜は一晩中起きているんだろうか、滉一を巻き込んで。なんて、自分には関係のないことを心配してしまう。

顔は一瞬ちらりと見えただけだったが、夜目でも目鼻立ちがしっかり分かるほど濃いメイクを施していた。

「すごい……きれいな人……」

あの人は女性だから、滉一の恋愛対象ではない。でも並んで立っていると、お洒落《しゃれ》でお似合いなカップルに見える。自分だったらああはいかない。

「私は恋人ごっこの相手であって恋人ではないんだから、そんなにお似合いじゃなくたって……」

そう口にしてみても、心は滉一に似合う男だったらよかったのに、と我が身を愁《うれ》いてしまう。

以前なら、滉一のような素敵な人とは、同じ部屋の空気を吸わせて貰えるだけでもありがたいと思っていたはずなのに。滉一が優しいからつけ上がってしまったのだ。

あんなに格好よくて美容師としての腕もよくて優しい人を、独り占めなんてできるはずがないのに。

「……！」

歩き出した女性は、ヒールのかかとを溝に取られたのか、バランスを崩して滉一に抱きついた。

わざとらしい、絶対にわざとだと思ったが、滉一は何やら話しかけながら女性の腕を取り、ごく自然に腕を組んで歩き始める。

真幸だって転びそうな振りをして抱きつけば、滉一はきっと抱き留めてくれるだろう。『大事なお客様』にするのと同じように、『恋人ごっこ』の相手として。

そんな分かりきった事実を、どうしようもなく辛《つら》く感じる。電柱の陰で歯がみする、まさにごまめの歯ぎしり状態に、どっぷりと落ち込む。

しかし、自分が恋する相手は久保田だ。

彼に抱きしめて貰えるようになればいい。そうすれば、この悲しみは消えるはず。

滉一は誰にでも優しい。だけど久保田《くぼた》は真幸にだけ優しい。

きっとこんな醜い嫉妬心は抱かずにすむ。だから久保田のことを考えよう。それが論理的で尚かつ正しい。

そう冷静に考えても、さっき目の前で見た滉一と彼に似合いの女性のことが、心に焼き付いたように消えてくれない。それどころか、本当に火傷《やけど》をしたみたいにズキズキと痛み出す。

今までは、滉一の側にいると動悸《どうき》がすることがあったが、彼のことを考えただけで胸が痛くなるなんて。

自分はいったいどうしてしまったんだろう。

考えても答えは見つからず、さらに苦しくなるばかりだ。息をするのも辛くなり、歩く気力さえなくなってしまう。

滉一と一緒ならまったく長さを感じない二十分ほどの距離を、今日はバスに乗って帰った。

あの後、滉一は美容関係のブロガーが集まる、座談会とやらに引っ張り出されたそうだ。

彼女はどうも、初めから滉一をその場に連れていく腹づもりだったらしい。

その様子は、ネット上の動画で見ることができた。

参加していたのは、さすが美に気を配っていると思わせる煌《きら》びやかな人達ばかり。髪型もみんな決まっていたが、滉一のセットした女性が一番美しいと思った。

滉一はそんな人達に混じっても、何の遜色《そんしょく》もないほどお洒落で格好いい。

――住む世界が違うことを、真幸は改めて実感させられた。

それ以来、胸の痛みから逃れたくて、真幸はフィギュアの雑誌を読んで久保田と共通の話題を作り、ことあるごとに久保田に話しかけた。

仕事が忙しいこともあって、滉一とは朝食は一緒に取れたが、夕飯は作り置きですませて貰うことが増える。

滉一と会える時間が減ったのは寂しかったけれど、この寂しさを解消するには久保田と恋人同士になるしかないのだ、と自分を奮い立たせる起爆剤になった。

そうやって馬車馬のように真っすぐ前だけ見て走り続けたおかげで、仕事だけはスムーズに進んでいった。

「予定通りどころか、これなら余裕で納品できそうだ」

真幸から進み具合の報告を聞いて満足そうな笑みを浮かべる久保田に、よかったと思うけれど、その笑顔に以前のようにときめかない。

これが滉一だったら……なんて思ってしまう。何故想い人を前にして、そんな雑念を抱いてしまうのか。

真幸は自分の心から目をそらし、目の前の人と向き合う。

「久保田さんが、仕様書変更するなら再契約になる、とクライアントに言ってくださっていたおかげです」

ほとんど仕様内容も決まっていないような、初期段階で見積もりを強いられる一括請負契約では、仕様変更があっても納期は変わらない。

しかし大抵の顧客は、簡単に仕様を変更させようとする。

建築に例えれば、設計の段階では一階にと言っていたトイレを、建設が始まってから二階につけろと言い出すようなもの。顧客はただ場所を移すだけだから簡単だろうと気楽に言うが、実際は配管から他の部屋の間取りから、すべてを変えなければならないのだ。

だから久保田は、仕様はできるだけ変えさせないように、仕様を変更する場合は契約内容も変更する、つまりは別途に費用と工期をいただくと顧客に約束させていたのだ。

そんなわけで仕事は当初の予定通り進み、プログラムが問題なく動くか調べる単体テストでも特に問題は見つからなかった。止まってしまうバグさえ出なければ、後は魔法の言葉「仕様です」で何とでも切り抜けられる。

「この分なら、来月中にテスト稼働に持ち込めますね」

「よくやってくれた。永瀬のコードはきれいなんで、何かあっても修正しやすいから、もう終わったも同然だな」

「そんな。最後まで気を抜かずにがんばります！」

プログラマーにとって、プログラムしたコードを褒められるほど嬉しいことはない。喜びが、最近どこか空虚だった胸に満ちていく。

やっぱり自分にはこの人が必要なんだ。そう思えて、何故だかとても安堵《あんど》する。

「そろそろ昼だな。一緒に飯でも食いに行くか」

「は？　えっ！」

一瞬、自分に向かって言われたとは分からなかった。思わず後ろに誰かいるのか、と振り返ってしまうが該当者はいない。

「駅地下広場でフィギュア展をやってるの知ってるか？　しょぼい展示だろうと思ってたんだが、口コミによると意外といいらしいから、あの辺で飯食ってついでに見に行こう」

会社から五分ほどの地下街の広場で、定期的に無料で見学できる作品展やミニライブをやっているのは知っていたが、見に行ったことはない。

真幸の返事も聞かずに立ち上がった久保田の後ろを、真幸は慌ててついていく。

職場の上司と一緒にランチに出かけるなど、珍しいことではないだろう。それでも、真幸にとっては初めてのこと。胸が一杯になって食欲など失せてしまう……と思ったが、お腹は空く。

どこへ連れていってくれるのだろうと、どんどん進んでいく久保田を追っていけば、地下街にある久保田のお気に入りだというインド料理店へ到着した。

手っ取り早く食べられるように同じ物にしよう、と真幸はメニューを見る間もなく、キノコカレーにサラダとタンドリーチキンがセットになったAランチを頼まれた。

――滉一さんならこんなとき、何が食べたいか訊いてくれるだろうな。

久保田の仕事の上での強引さは頼もしいと思っていたが、普段からこうなのかと思うと、味気なくて寂しく感じる。

タンドリーチキンの味は好きだが、食べにくくて口の周りがべたべたになってしまうから、人と一緒のときは頼みたくないのに。特に好きな人の前でみっともない食べ方はできなくて、おおざっぱに食いちぎれる分だけを食べる、もったいない食べ方になってしまう。

しかし、気にしたところで、久保田は真幸の方に目もくれず黙々と食べていた。

時間がもったいないから、と流し込むように食べる久保田に合わせ、真幸もむさぼるようにカレーをかき込む。

初めての憧れの久保田とのランチの感想は、カレーは飲み物ではないから、もう少しゆっくり食べたい――だった。

「……やっぱ、しょぼいことはしょぼいな」

「でも、どれも手が込んでて面白いですよ」

がんばって急いで向かった地下街広場の展示会は、無料だけあって小さなショーケースが十個ほど並んでいる程度の小規模なものだった。

けれどその中身は、単にフィギュアが並んでいるだけではなく、戦隊物は戦闘シーンを再現したり、美少女物は人気のキャラクター同士がアイドル風に並んで踊っているようになっていたり、なかなか凝《こ》った趣向で見応えがある。

昼食に地下街へ立ち寄っただけとおぼしきサラリーマンも、足を止めて眺めている。女性の姿もあり、携帯電話で写真を撮ったりして盛り上がっていた。

真幸も滉一に見せてあげたくなって、写真を撮ろうと携帯電話を出している間に、久保田はさっさと先へ進んでしまう。

——滉一さんなら、一人でどんどん行っちゃったりしない。そう思って、真幸はさっきからずっと久保田と滉一を比べている自分に気が付いた。

こんなことではいけない。今日は久保田と親交を深めるために来たのだ。気持ちを切り替え、久保田の元へ小走りに走り寄る。

「規模は小さいですけど、展示方法が凝ってるから見ていて楽しいですね」

「はあ？　ジオラマするなら、ウェザリングくらいしろっての」

「そ、そうですね……」

素っ気ない言葉に、どう返せばいいのか分からなくなる。お守りにしている携帯画面の滉一の待ち受けに、心の中で助けを求めると、その写真を雑誌から取り込んだときのことを思い出す。

——そうだ！　雑誌。

話題作りになれば、とプラモデル関連の雑誌を読んで勉強していたのを忘れていた。何とか会話を続行させようと、付け焼き刃の知識をフル稼働させる。

ウェザリングとは、リアルさを出すために汚れた感じを出すこと。その道具は、三色のパレットに小さな刷毛《はけ》がセットになっていた。

「そういえば、ウェザリングのセットって、女性のアイシャドーセットとそっくりですよね」

「ああ、そうなんだよな。あの刷毛は使えるから、百円ショップの化粧品を利用したりしてるよ。近頃は専門店に行く前に、まず百円ショップで使えそうな道具を探すんだ。パーツの固定には、段ボール製の猫の爪研《つめと》ぎが使えすぎて滾《たぎ》るぞ！」

「随分と工夫されてるんですね」

プラモデルを作ることだけでなく、正規品より安くて使い勝手がいい道具を探すことも楽しいらしい。

好きな物の話になると、久保田は子供みたいな笑顔になる。こんな表情を、職場では見たことがない。やっぱり仲良くなれば、こんな風にいいことがあるんだと嬉しくなった。

「塗装乾燥ブースには食器乾燥機が最適なんだが、嫁の奴《やつ》は激怒してさ。俺の金で買ったものを、俺の好きにして何が悪いんだよ」

意外なところで別れた奥さんの話が出てきて、思わず身体が強ばる。

奥さんはプラモ趣味を理解してくれなかったという話だったが、この話に限れば久保田の方に非があると思えた。塗料の匂《にお》いが乾燥機に染みついて、本来の目的に使えなくなりそうで、怒っても仕方がないだろう。

「それは……食器乾燥機として使えなくなったから、困って……怒ったのでは？」

「食器なんて布で拭けばいい。専業主婦をさせてやってたんだから、そのくらいの家事はしろっての」

『させてやってた』という久保田の上から目線な言葉に、棘《とげ》を感じる。家事だって立派な仕事。それを軽視されては、奥さんが怒るのも無理はない。けれどそんなことを言ったら、きっと久保田は気分を害するだろう。

口に出せずに飲み込んだ言葉が、胸の辺りにつかえたみたいにわだかまる。

でも価値観の相違も、お互いを知り合えば払拭できるかもしれないと前向きに考える。

とにかくプライベートでも一緒に過ごす時間を作り、もっと話をする必要を感じた。

「――っと、そろそろ戻るか」

地下街に時刻を知らせる放送が流れ、のんびりしすぎたと気付く。もう昼休みも終わる十三時になってしまった。

時間に緩い会社といえども、あまり長時間デスクを離れるのはよくない。二人して足早に展示会場を後にする。

「まあ、タダの展示ならこんなもんだな」

「私はすごく楽しかったですよ。……また、何かありましたら誘っていただけると、嬉しいです」

「そうか。じゃあ仕事の片がついたら、一度ゆっくり飲みにでも行こう」

「本当ですか！　でしたら、あの……図々《ずうずう》しいお願いなのですが、聞いていただけますか？」

思い切ってしてみた提案に、予想以上のいい返事が返ってきたことにテンションが上がる。

ここで一気に関係を進展させたい、なんて欲が出てしまう。

——そうしたら、滉一にいい報告ができて、褒めて貰える。

あの優しい指で頭を撫《な》でて貰えたら、心の憂さなんて大気圏外まで吹っ飛んでいくに違いない。

真幸は、心の奥底に湧《わ》いた想いの意味を考えることなく、久保田に積極的にアプローチをかけた。

「誕生日のお祝いに、食事に連れていって貰えることになりました！」

朝食の席で、真幸から突然そう報告されて面食らった滉一は、箸《はし》から味噌汁《みそしる》の椀《わん》の中に豆腐《とうふ》を取り落とした。

最近、忙しいせいかどこか上の空な様子だった真幸が、今朝は妙に嬉しそうだと思ったら、そんな理由だったなんて。

「誕生日って、真幸の？　真幸の誕生日って、いつ？」

今までの恋人は、誕生日は一ヵ月以上前からプレゼントを寄こせとアピールしてくるようなタイプばかりだったから、自分から訊《たず》ねたことがなかったと気付いた。知っていたなら何かお祝いを用意したのに。こんなことなら訊いておけばよかったと後悔する。

「四月の二十日です。ですから、前日の十九日の日曜日に食事に行くことになりました」

「ってことは……明日かよ！」

「休日に二人きりで食事って、デートですよね？」

「ああ……まあ……そうかもな」

普通に考えて、ただの部下の誕生日を二人で祝うなんてまずない。念のために他の社員にもそうしているのか訊いてみたが、そんなことはないという。

「これも滉一さんのご指導のおかげです。ありがとうございます」

深々と頭を下げられて感謝されても、素直によかったなという言葉は出てこない。

言えない言葉が、食道のあたりで詰まったみたいに重苦しい感覚に襲われる。

近頃あまり一緒にいられないのは、ただ仕事が忙しいだけだろうと思っていた。これでは上司とも進展はないだろうと安心していたのに、上手くいっていたと知って何故か胸がむかつく。

このために、自分は真幸と『恋人ごっこ』をしていたはずなのに。

「デートにはどんな服を着ていけばいいでしょう？」

信頼しきった目でアドバイスを求められても、急な展開に頭がついていかない。コーディネートは得意中の得意なのに、どんな服がいいかまったく思い浮かばなかった。

それに何より、私服姿の可愛い真幸を見せたくない気持ちが強くて、無難な方がいいと言いくるめてスーツを勧めた。

日曜日の真幸のデート、いや食事会の時間は十九時。滉一は修司に後を任せ、早めに店を出た。

予約したというフレンチレストランの名前は聞き出し、場所も調べて先回りした。

我ながら何をやっているんだろうと思うが、相手の男を見極めたいし、真幸が何か失敗したらフォローしてやらなきゃいけないし——なんて自分で自分に言い訳をする。

それでも街路樹の陰に潜んで真幸達を待ち伏せている姿は、傍目《はため》に見れば完璧にストーカーだろう。情けなさがこみ上げるが、これもすべて真幸のため。そう思えば耐えられた。

「……あれか」

真幸と共にやってきた、久保田という上司は想像していたよりマシな容姿だったが、服装は駄目だ。

ジャケットを羽織っているが、中はTシャツにカーゴパンツというラフな出で立《いた》ちは、記念日のディナーに相応《ふさわ》しくない。一緒にいる真幸が気の毒と思ったが、こいつを改善してやろうなんて気は一切起こらなかった。

入店の際も、さっさと先に立って入っていく。男同士とはいえ、今日の主賓《しゅひん》は真幸だろうに。一挙手一投足にこまめに腹が立つ。

イライラしつつ、滉一も真幸達が席に着いたであろう頃を見計らって店に入り、素早く視線を走らせて、真幸の姿を視界に捉える。

「お一人様ですか？　こちらへどうぞー」

「今日はちょっと下見に来ただけだから、奥でいいよ」

応対に出た若いウェイトレスが、窓際の席へ案内しようとしてくれるのをさりげなく遮り、真幸から死角になる壁際の席に腰を据えた。

「もうすぐ恋人の誕生日なんだけど、誕生日にお勧めのコースってある？」

デートの下見に来た風を装い、メニューを渡してくれるウェイトレスに訊ねると、にこやかに該当するページを開いてくれた。

「お誕生日や記念日にぴったりの、シャンパンとケーキプレートがついたサプライズプランがございます」

「ケーキには、花火がついてるんだ」

通常のコースより値が張るが、その分だけ彩りも華やかで、特別な日の演出に相応しいコース料理に、思わず目を細めてしまう。

ろうそくではなく花火がついたケーキなんて、歳より無邪気なところがある真幸が喜びそうだ。真幸のことを理解していて、その誕生日を大切に想っているなら絶対にこのコースを選ぶはず。

用意していてくれと願いながらも、真幸の笑顔を間近で見るのが自分ではないとしたら悔しい。

自分は手頃な値段のシェフのお勧めコースを注文し、複雑な気分で二人のテーブルに運ばれてくる料理を盗み見る。

「ドリンクがワインってことは、誕生日メニューじゃないってことか……」

どうやらあちらも、シェフのお勧めコースのようだ。そのことに、がっかりしつつ何故か安堵してしまう。

店内に流れる音楽は控えめだったが、客の話し声や食器の触れ合う音が混じり合い、真幸達の会話を盗み聞くのは難しい。

それでも耳をそばだてれば、こちらを向いている久保田の声は何とか聞き取れる。

「永瀬《ながせ》は酒強いんだろ？　大学の友達ともよく飲みに行くんだって？　何かどっかのカスタマーエンジニアの奴だとか。カスタマーなんて、システム障害だ何だと振り回されて大変そうな仕事だよなぁ」

せっかくのお祝いの席だというのに、仕事の話らしく、滉一にはさっぱり意味不明な内容だった。なのに、それに真幸が耳を傾け相づちを打っているのが気にくわない。

自分の知らない真幸がいる。

胸がむかむかして、少しも料理を食べる気になれない。話の内容からも二人の様子からも、恋人に発展しそうな空気は一切ない。それを確信すると、滉一はコースの途中で店を出た。


「滉一さん？　こんな所でどうしたんです？」

滉一が店を出てから一時間ほどして、真幸も帰ってきた。真幸が帰ってくるのを部屋の窓から外を見ながら待っていた滉一は、真幸をエントランスまで迎えに降りた。

「ケーキを買ってきたんだ。一緒に食おう。せっかくだから、俺にもちょっとだけ真幸の誕生日を祝わせてくれよ」

真幸がデートだと楽しみにしていた誕生日ディナーを、あんなつまらないただの食事会で終わらせたくなかった。それに、滉一も真幸の誕生日を祝ってやりたい。

もう食ってきただろうけど、と何も知らない振りでケーキの箱を差し出す。

「今日のコースのデザートはアイスクリームだったんで、ケーキは食べてないです！」

やはり、誕生日なのにケーキなしというのは寂しかったようだ。瞳を輝かせる真幸に、久保田に勝った、と無駄に張り合ってしまう。

「誕生日のお祝いだったのに？　気の利かない野郎だな」

自分でも感じが悪いと思うが、あの嫌な男を貶《けな》さずにはいられない。自分の方がずっといい。そう示したくて、真幸を優しく自分の部屋へとエスコートした。

「すごい！　丸いケーキじゃないですか！」

箱から出した誕生日の定番のデコレーションケーキを見た途端、真幸は歓声を上げた。

喜んでくれたのは嬉しいが、あまりにも高いテンションに驚く。

「たかがホールケーキでそんなに感激するか」

「だって、誕生日に丸いケーキを買って貰うのって、夢だったんです」

真幸は甘党だが、家族はそうでもなかったのかショートケーキ派だったのか。とにかく喜んでくれて嬉しい。

久保田に勝った負けたなんて、どうでもよくなった。ただ真幸の笑顔が嬉しい。

「よし。じゃあ、切らずに丸のまま食え」

「え？　そんな。滉一さんも一緒に食べましょうよ」

「食べるけど、まずは真幸が丸のままいけよ。俺は真幸が存分に食ってからいただくからさ」

真幸の誕生祝いなんだからと言うと、遠慮はしたもののしてみたかったのだろう。自分の方に差し出された四人前ほどありそうな大きなホールケーキに、真幸は直接フォークを入れた。

クリームのたっぷり乗ったスポンジを嬉しそうに見つめて、ぱくりと一口頬ばる。

「んーっ」

「美味《うま》いか？」

訊くまでもない表情の真幸に、それでも問いかけると、無言のまま頷かれる。

頬ばった分を飲み込むと、真幸は即座にまたフォークを伸ばす。

「すごいおっきい苺《いちご》！」

「どれ？」

ほらっ、と得意げに差し出されたフォークの先の苺に、滉一は悪戯心《いたずらごころ》でかぶりついた。

嚙《か》みしめると、口中にじゅわっと酸味が広がり、耳の下がきゅんっと痛くなる。

「すっぱ！　……って、おい？　え！」

ほんの冗談のつもりだったのに、真幸はフォークを手にしたまま硬直してしまった。

おまけに大きく見開いた目に、涙まで滲《にじ》んでくるのに狼狽《うろた》える。

「い、苺ならまだあるだろ、ほらっ！　もう盗らないし、何ならもう一個ケーキ買ってきてやるから！」

ケーキの上に乗っている苺を指し示すと、真幸はぶんぶん大きく頭を振った。

「や、あのっ、違うんです！　怒ったりとかしてませんから！　なんか、変ですみません」

何気ない振りで、眼鏡《めがね》を押し上げ手の甲で涙を拭う真幸に、気付かぬ振りでそっと視線を外して落ち着くのを待った。

「ただ……感動しちゃって」

「は？　感動？」

「楽しみに残しておいたケーキの上の苺を、兄弟に盗られちゃうとか、そういうの経験してみたかったんです」

それは実際にやられると、結構な殺意が湧くぞと言いたかったが、経験したことがないから楽しそうな出来事に思えていたのだろう。

「真幸は一人っ子なんだ」

「そうです」

「だからケーキも、ホールは買って貰えなかったのか」

「いいえ……家族に誕生日を祝って貰ったことは、少なくとも私の記憶にはありません」

「え？」

それは家族がいないという意味かと思った。しかし、話はもっと複雑だった。

「物心ついたときには、すでに両親は不仲で家庭内別居の状態で、家族の会話もほとんどなかったんです」

「でも、子供の誕生日くらい祝ってくれたって……」

「両親の不仲は、私の……私が生まれたせいだから、とても祝う気になれなかったと聞いています」

「待てよ！　聞いたって……真幸のせいって……」

なんだかとんでもない話に、頭がついていかない。同じ家に住んでいて、不仲な連れ合いはともかく子供の誕生日すら祝ってやらないなんて、そんな夫婦は滉一の理解を超えていた。

混乱する滉一に、真幸はケーキを見つめながらそこに至った経緯を話し始めた。

「母が妊娠中のエコー検査で、お腹の子は女の子だと言われたそうです。それで、娘が欲しかった母はすごく喜んで……服も名前も全部女の子のを用意してたらしくて」

けれど、生まれたのは男の子。

希望と違う性別でがっかりする気持ちは、分からなくもない。だが、エコーでは性器が上《う》手《ま》く映らず、男の子を女の子と勘違いしてしまうことはままある。それに、性別がどちらにせよ、自分の子供であることに変わりはないだろうに。

「何でそんな……」

「母は昔、女優を目指してたんだそうです。でも、私を妊娠したせいで夢を諦めて父と結婚したと……だからその分、娘に期待していたのに、私が男だったから失望させてしまって……」

そんな勝手な理屈があるか。あまりの理不尽さに言葉を失う滉一とは裏腹に、真幸はどこか壊れたみたいに淡々と話し続ける。

「マユキって名前も、父は普通にマサユキって読まそうとしたけど、母がマユキにしろって。本当は真優《まゆ》って名前をつけて『マユタン』って愛称で呼びたかったそうで。それで大喧嘩《おおげんか》したそうです。それから、ずっと喧嘩ばっかりするようになったって……」

――諍《いさか》いの種の誕生日など、祝いたくない。

母親に誕生日ケーキをねだった幼い日に、目の前ではっきりそう言われたと聞いて、滉一は憤死しそうになった。

すさまじくくだらない上に、子供には何の非もないことで責めるなんてひどすぎる。

会ったこともない相手に、ここまで腹が立ったことはない。本当に腸が煮えくり返っている気がするほど身体と心が熱くなった。

「真幸は何も悪くないじゃないか！　夫婦仲が上手くいかなくなったのを、他の誰かのせいにしたかっただけだ！」

「だけど、私が女の子だったら……」

「それはそれで、他のことで喧嘩してたって！」

「でも……」

「真幸は悪くない」

「だけど――」

「悪くない！　真幸は、優しくて気が利いて可愛くて……悪いとこなんて一つもない！」

褒めちぎる滉一に、真幸は泣きそうな顔で、それでも滉一に心配をかけまいとしてか口の端を少し上げた。

もっとちゃんと、笑って欲しい。

「俺は、真幸が男でよかったよ。俺は、女は好きになれないから」

「え？」

どういう意味か、問うような眼差《まなざ》しを向けられたが、滉一自身、思わず漏れた言葉の意味を自分に問いたい気分だった。

「だから……その、男同士でなかったら、この『恋人ごっこ』は始まらなかったわけで。つまり俺は、真幸とこうして一緒にいるのが楽しいって思ってるってことだ！」

しどろもどろで何を言っているのか分からなかったが、とにかく自分は真幸と出会えてよかったと伝える。

「……ありがとうございます。こんなに嬉しい誕生日は初めてです」

まだ涙を湛《たた》えた瞳で、それでも笑ってくれた真幸を抱きしめたくなった。でも、ただ抱きしめるだけでは足りない。

「そこまで感謝されたら、もっと役に立たなきゃな。今日は真幸の誕生日だし、特別に上級者向けの付き合い方を教えてやるよ」

どうしても触れたい。何もかもが見たい。

真幸のことで自分が知らないことなんてないくらいに、深く知りたい。

「上級者向け、といいますと？」

「想いが通じたとして、ちゃんとセックスできる自信あるか？」

「それは、すっごく不安です」

「失敗して、嫌われたらどうする？」

「そ、そうならないようにするには、どうすればいいでしょう？」

不安を煽《あお》ると、簡単すぎるほどあっけなく滉一の作戦に引っかかる。いつもなら可愛く感じる無垢《むく》な瞳が、誰にでも簡単に騙《だま》されそうで不安になる。

——他の誰かに騙される前に、自分のものにしてしまいたい。

真幸の信頼を、自分の欲求に利用するなんて最低だと思っても、心の中はどす黒い独占欲で一杯で、ただただ真幸に触れたい気持ちだけで動いてしまう。

「その辺についても『恋人ごっこ』で予習しといた方が安心できるだろ？　教えてやるよ」

「はい！　ぜひ。よろしくお願いします」

滉一を信頼して頼り切ってくる真幸を、滉一は嬉しさと苦しさの入り交じった目で見つめた。

緊張した面持《おもも》ちで膝を揃《そろ》えてソファに座る真幸の肩に、そっと触れる。

外で一緒に食事をして、酔って部屋に連れて帰って貰った、というシチュエーションだ。

「大丈夫？　ボタン外して楽にして――ここで今夜は帰りたくない、とか泊めてくださいとか言わなきゃ」

「あ、そうですね。じゃあ、えっと……今日はもう終電がないので、泊めてください！　こ、ここのソファでいいですから」

わざとやっているのかと思うほど、真幸は色気のない展開に持っていこうとする。無垢な真幸だからこそ、教え込みたくなる。

「ここじゃ狭いよ。……ベッドへ行こう」

誘いながら、顎を持ち上げて上向かせる。キスの体勢に、真幸は激しく頭を振って抵抗した。

「ち、ちょっと待ってください！」

「キスは嫌、か……」

キスを拒絶されるのはいつものこと。『恋人』ではないからと突《つ》きつけられる瞬間。それが今日はやけに切ない。

「嫌っていうか……ドキドキしすぎて……口から心臓が出そうで」

顔を赤らめて口元を押さえる仕草を、可愛いと思うと同時にもどかしくなる。

「じゃあ、キスはもうすんだとして、シャワーを浴びてこいよ」

何と言い訳されようと、拒否されたことに変わりない。棘が刺さったみたいに心が痛くなる。痛みに顔をしかめると、真幸はまずい展開だと悟ったのか、滉一の言葉に従い立ち上がる。

「そ、そうですね」

どこまで演技すればいいのか迷っているらしい腕を取って風呂場《ふろば》の方に向かうと、真幸はいつものように小首をかしげて訊ねてくる。

「……本当に浴びるんですか？」

「でなきゃシミュレーションになんないだろ」

そこまでしなくても、と困惑する真幸にバスタオルを手渡し、脱衣所に押し込む。

「滉一さん……じゃあ、お借りしますね」

自分を見つめる真幸を無言で見つめ返すと、真幸は観念したのか大人しく従った。

しばらく待って水音がし始めたのを確認してから、風呂の扉を開けて中を覗《のぞ》く。

「え？　わっ！　な、何ですか？」

真幸はとっさに後ろを向いたが、全裸のお尻《しり》はばっちり見える。

「シャワーの温度どう？　調節の仕方分かる？」

「わ、分かるに決まってるじゃないですか！　自分ちのと同じなんですから」

「バカ。知らないって設定だろ」

「あ、そうでした。えっと、はい。分かります」

「よし。んじゃあ、ここにバスローブ置いとくから使って」

あくまで『ごっこ』だ。これ以上はよせと引き留める理性は、さっき見た光景で吹き飛んだ。

「か～わいいお尻。ちっちゃくって、きつそ～う！　……って、何をテンション上げてんだ」

白い蒸気の中の艶《つや》やかな双丘。あれは自分のものじゃない。

「でも、ちょっと借りるくらいなら……今だけ、俺のものにするくらい……許されるよな」

素早く衣服を脱ぎ捨てると、棚に置いてあったローションを手に再び風呂場の扉を開けた。

「えっ？」

「俺も一緒に浴びる」

「そ、そうですか。でも、私はもういいですので。お先でした！」

滉一にシャワーを譲って風呂場から出ようとする真幸を、腕と壁の間に押し込める。

「あ、あの……滉一、さん？　ここまでしていただかなくても……」

「何？　何か言った？」

シャワーの水音で聞こえない振りで顔を近づける。濡れて頬に張り付く髪が真幸の肌の白さを際立たせる。早くこの肌に触れて、官能で染め上げたい。欲望はどこまでもエスカレートしていく。

「真幸は男同士のセックスについて勉強したみたいだから、ここ、使うのは知ってるよな?」

何も言えずに俯く真幸のお尻の割れ目に、すっと中指を潜り込ませるように撫でると、面白いほどにびくつく。

「やっ! あっ、は、はい! でもっ、あのっ……さ、触らない、で、ください……」

「ちゃんと解《ほぐ》して慣らしておかないと、痛い思いするぞ」

「痛いって……それは、嫌です!」

「じゃあちゃんと指を入れて、解さないと」

「だって……そこまで滉一さんにしていただくのは……」

「こんなの、セックスのうちに入らないよ。……ただの準備運動だって」

言っていて、むなしくなる。これはセックスじゃない。事実が胸に刺さる。それでも、この一時だけでも真幸を自分のものにできたら——不埒《ふらち》な想いが止められない。

「でも……」

「本番で失敗したらどうするんだ? 準備不足で相手に嫌な思いはさせたくないだろ?」

力なく頷く真幸の逃げ道を塞《ふさ》ぐようにたたみかけると、真幸はますます深く俯く。

追い詰める罪悪感と、獲物を捕らえる瞬間みたいな高揚感が心の中で渦巻いて、自分でも制御できない。

「それにさ、俺が指導してやったのに失敗されたら、俺の名折れだ」

「いえ、滉一さんのお名前は出したりしませんから！」

やっと顔を上げた真幸は、やたら真剣にくってかかってくる。その勢いと言葉にたじろぐ。

「そんなに、俺のこと知られるのが嫌？」

「嫌ですよ！　だって、滉一さんみたいな人が、ごっことはいえ私なんかの恋人役をやってくれていたなんて、誰にも言えません」

「俺みたいなって何だよ」

「滉一さんみたいに格好よくってセンスがよくって優しくって男にも女にもモテモテで、そんな人が私みたいな奴に構ってくれたなんて……人に言っても信じて貰えるわけないですから」

よどみなくすらすらと出てくる褒め言葉に、何故それで俺に惚《ほ》れない？　まだ何か足りないのか！　と叫びたくなった。

「とにかく、先を続けるぞ。知りたいんだろ？　男同士が、どうやってどんなことするのかって」

「そ、それは知ってます。だけど……あんっ！」

後ろを向かせた真幸を壁に押しつけ、お尻の谷間に中指を差し入れる。第一関節を曲げて窄《すぼ》まりを軽く押すと、真幸はそれだけでつま先立つ。

真幸がとっさに漏らした声は、それだけで体温が急上昇するほどに可愛くて、自制心は完全に砕け散った。

もっといい声が聞きたくて、真幸の固く閉じた蕾《つぼみ》を開かせるよう指先をゆっくりと押し込んでいく。

「やっ！　あっ、だ、駄目ぇっ」

「駄目って、真幸こそ、そんな力を入れてちゃ駄目だ。怪我《けが》するぞ」

「だっ、だって！　やっ、んっ、や……滉一さん！」

言い聞かせながらも休みなく指先で軽く刺激し続けると、真幸は嫌々と首を振る。

自分の名前を呼ぶ声に、咎《とが》めるような響きが混じっていて不愉快になった。

真幸の不安を煽って無理矢理こんな展開に持ち込んだくせに、拒絶されて傷つくなんて身勝手すぎる。だけど心に悲しみが満ちてくる。

拒まないで欲しくて、そっと肩越しに真幸の顔を窺う。

「俺に触られるのは、そんなに嫌？」

「い、嫌って、嫌なんじゃなくて、申し訳ないというか、恥ずかしい、です……から」

だからやめて、と涙を湛えた目で訴えてくる。赤らんだ目元も、堪《たま》らなく色っぽい。

羞恥《しゅうち》に震える姿が怯《おび》えた子猫みたいで、可哀相《かわいそう》なのに可愛くて、いじり回したくなる。両手で強く小さな双丘を摑《つか》んだ。

「ひっ！」

「嫌じゃなきゃいいだろ。遠慮なんかしなくていいぞ。真幸がいつも俺のために家事をやってくれてる、そのお返しなんだから」

身体を硬くする真幸のお尻を、ゆっくり外へと押し開くようもみ解す。露《あらわ》になった中心の窄まりのひだを、両方の親指の腹で広げる。

この中に突っ込んで、ぐちゃぐちゃにするのを想像しただけで、全身に震えが走るほど興奮する。

軽く指を中に押し込むと、真幸は背中をしならせた。

「やっ！　やぁぁ……あっ、あん」

嫌がっていても、感じていると分かる艶を含んだ声にほくそ笑んでしまう。戸惑いと羞恥と快感に震える真幸の肩に、濡れた髪にそっと口づける。

「ここ、触られたら気持ちいいだろ？　もっと触ってやるから、足閉じないで。肩幅くらいに開いて、リラックスして」

「む、無理です、無理！　——自分でしますから！」

触られるよりは、自分で触る方が恥ずかしさはまし。そう判断したようだ。

拒否されて、意地の悪い気分に拍車がかかる。シャワーを止めて、向き合った真幸の手のひらにローションをたっぷりと出してやる。

「じゃあ、やってみて。自分で、自分のお尻の穴いじって」

「これが……ローションですか」

「それを指と、ここにたっぷり塗り込んで」

初めて手にしたローションの感触を、指を擦《こす》り合わせて確かめていた真幸の手をお尻へと導く。

「あっ……」

ぬるりとした感触に身体を硬くする。不安げな表情を浮かべる真幸の顔に濡れて張り付く髪を指で梳《す》き、恐る恐る自分のお尻の穴を探る真幸をじっと見つめる。

真幸は見られていることに気付いているのかいないのか、俯いたまま滉一の方を見ようとしない。

恥ずかしいからだと分かっていても、こっちを向かせたい。自分の存在を、もっと真幸に分からせたい。

「そんな外側ばっかりいじってたって駄目だ。ちゃんと中に入れなきゃ。中指から入れるといいぞ」

「あ……」

右手で真幸の手を摑んで、ぐっと力を入れてお尻の穴へ押しつけるとぬるりと先っぽが中に入り、真幸は小さく声を上げた。

その肩を、壊れ物を扱うみたいに優しく左の手のひらでなぞる。

「力を入れちゃ駄目だって」

「は、はい……」

「ちゃんと、指……中に入った？」

「……はい」

「中指が入ったら、人差し指もね」

「そ、そんなに？」

「指より、もっと太いもの入れるんだぞ？」

何を入れるのかは分かってるよねと訊ねると、耳まで赤くして俯いたままこくりと頷く。

じゃあやらなきゃ、と励ますと、素直に言うことを聞く。自分で自分のお尻の穴をいじる真幸を眺めながら、指先で軽く真幸の小さな乳首に触れると、真幸は猛然と顔を上げた。

「触らないでください！　気が散ります」

「はい！　すみません」

真剣な表情で窘《たしな》められ、思わず謝って手を引っ込めてしまう。

でも、すぐにまた触りたくなる。一所懸命な様が可愛くて愛《いと》しくて、いじり回したくて堪らない。

「肩に力入りすぎ。もっと力抜いて。転ばないように支えといてやるから」

ここくらいなら触っても許されるかとなめらかな肩を撫でるが、集中力が途切れたのか、真幸は困惑と苦痛の表情を浮かべていた。

真幸の、こんな顔を見たいわけじゃない。もっとうっとりと気持ちよさそうな顔が見たいのに。

「……ちゃんとできてる？　どこが前立腺《ぜんりつせん》か分かった？」

答えを聞かなくても、真幸の前はまったく反応をしていないことから、前立腺に触れるどころかちゃんと解せてもいないのだろうと察しがつく。だけど、真幸の口から自分の状況を言わせたくて訊ねる。

「いえ、あの……よく……分かりません」

申し訳なさそうに鼻を鳴らして今にも泣きそうな真幸に、少しいじわるをしすぎたと反省する。

「ちょっと休憩しようか」

初心者が立ったままではやりにくくて当然だ。シャワーを止めたことで風呂場の温度が下がって寒くなってきたので、もう一度シャワーで真幸の身体を温めてから、風呂場を出て仕切り直すことにした。

「……何か、いろいろと、すみませんでした」

風呂場を出てお互いバスローブを着ると、真幸は上気した頬をほっと緩ませる。これでおしまいと思ったようだが、これで終わらせられるわけがない。

けれど、そんなことはおくびにも出さず、疲れただろうから今日はここに泊まっていけと、腕を取って寝室に連れ込む。

「まだ、ごっこの続きですか？　すぐ下の階なんだし……帰れますけど」

「ごっこか……そうだな。ごっこの続きだ」

切ない現実をまた突きつけられて、体温がすっと下がったみたいに心が寒くなる。投げやりに呟くと、滉一は真幸をベッドの上に押し倒した。

「こ、滉一さん？　あっ、ちょっと、待って……」

さっきまで素っ裸を見られていたのに、はだけたバスローブの前をかき合わせる。恥じらう初《うぶ》な姿が欲情を煽る。

これを天然でやってしまう真幸に、滉一の興奮は一気に高まった。

滉一は、今まで付き合ってきたわがままだけど魅力的な恋人達を小悪魔と思っていたが、あれが小悪魔なら、真幸は真の悪魔だと思う。

恥じらいに染まる目元に長い睫《まつげ》が影を落とし、きゅっと結ばれた唇の赤さは視線を捉えて離さない。

抗《あらが》いがたい誘惑に吸い寄せられるみたいに、真幸の耳元に唇を寄せる。

「この程度で恥ずかしがっててどうすんの？　本番なら、あちこち見られて、触られて、舐《な》められちゃうんだぞ？」

真幸の耳に吹き込む自分の言葉に、真幸が他の男にそんなことをされたら、と焼け付くような嫉妬を感じる。馬鹿みたいだと思っても、感情の暴走が止まらない。

いきなりされて大丈夫か訊ねると、不安げな眼差しで見つめられる。その潤んだ瞳の放つ色香に生唾《なまつば》を飲む。

「大丈夫じゃない……気がします」

「じゃあ、これも慣れとかなきゃな」

言うなり、滉一は真幸のバスローブの裾《すそ》を捲《まく》って股間《こかん》に顔を埋《うず》め、片手を添えて一気に真幸の性器を銜《くわ》え込んだ。

「うっ、ひゃっ！　嘘っ！」

色気もへったくれもない素直な反応が、いっそう愛おしい。自分の他は誰も触れたことがない部分だと思うと、なおさらに愛おしく大切にしたくなる。口を窄めて優しく吸い付き、口内で圧をかけながら唇で刺激を与える。

「ああっ、ち、ちょっと待っ……待ってくださ……あんっ、それは！　ああっ！」

あっという間に熱を帯びて勃《た》ち上がる、素直な反応が嬉しくてその先端に優しく口づけた。

真幸が肩を掴んで引きはがそうとすると、それに逆らってさらに深く銜える。

舌全体でカリの部分を擦れば、真幸は背中を反らして硬直した。

「やっ、や！　……放し、てぇ……」

舌を小刻みに動かすと、それに合わせてビクビクと身体を震わせるのが嬉しくて、いっそう熱心に舌全体を使う。それだけでは足りず、ローションのフタを片手で開け、真幸の腹の上にたっぷりと出す。

「ひっ？」

「ごめん。ちょっと冷たかったね。すぐに熱くしてあげるから、待って」

すっかり硬く勃ち上がった真幸の性器に、今度は左の指でそろそろと刺激を与えながら、右手にすくい取ったローションを、腹から股間、さらにその下まで塗り広げる。

目的の窪《くぼ》みまで達すると、軽く力を込めただけで、ぬるんと中指の先端が飲み込まれる。

「やあっ！　……そ、そんな……そこは、も……もう……」

真幸は、引きはがそうとする腕にもすでに力が入らないようで、ただ滉一のローブの襟を握って震えている。

真幸の表情から、その震えは寒さでも恐怖からでもないと分かって安心した。固く目を閉じ、頬を染めて薄く口を開けて浅い呼吸をくり返している。見ているだけで蕩《とろ》けそうな、快楽に染まる表情に、背中に震えが走る。

「そのまま……いいぞ。真幸。大人しくしてれば、痛くないから」

真幸ではほとんど解せていなかったとはいえ、ローションは入っている。新たに使ったローションも、塗り込めるようにゆっくり中指を潜り込ませると、根元まで収まった。

「あっ、あ、入って……入ってくる……」

奥まで異物が侵入する感じたことのない違和感に、真幸は無意識にだろうがきゅうきゅう締め付けてくる。そこから気を散らそうと、また前への口での愛撫《あいぶ》を再開する。

後ろへの中指だけの緩い抜き差しに合わせ、顔を上下させて舌と唇を使って茎を扱《しご》く。先端部分にくれれば、わざとちゅっと音を立ててキスしてからまた銜え込む。

単調で、それでいて執拗《しつよう》な愛撫に、真幸は身体を震わせ、荒い息を吐きながら戦慄《わなな》く。

「こ、滉一さん！　でっ、出ちゃいます！」

「……何が？」

「何、って……滉一さん！」

さすがに、これは分からない振りは通じなかった。しかし、怒気を含んだ声にでも、名前を呼ばれると興奮して、愛撫はさらに饒舌《じょうぜつ》になる。

カリを唇で挟み、茎の部分は手で包み込んで上下に激しく扱いて追い詰める。

「こ、滉一さんっ！　あっ、ああ！　……や、それ、いや！」

顔を真っ赤にして頭を振る真幸が、嫌がっていると分かってもやめられない。

どうしたら受け入れて貰えるのか。

「真幸……ホントに、いや？　痛いか？」

「ん……んん……」

ほんの少し顔を上げて真幸の顔をじっと見つめると、見つめ返す真幸は洟《はな》をすすりながら首を横に振る。それは痛くはないという意味だろうけれど、それでも無理矢理に嫌じゃないんだと誇大解釈する。

「痛くしないし……優しくするから」

言葉通り、大きく口を開いて舌で包み込むように優しく強ばった真幸の中心を銜え込むと、真幸は顔をのけ反らせて身体を震わせた。

「あっん！　滉一さん！」

「名前、呼んで？　真幸……」

話しかけるにも、唇は先端に触れるように喋《しゃべ》り手は休みなく動かし続けると、真幸はシーツを蹴《け》って激しく身もだえする。

「……滉一さん……滉一、さん」

「真幸……もっと、俺の名前、呼んで……」

「滉一さん！　ああ……こ、いち、滉一さん！」

もう何を口走っているのか分からないほど意識が混濁しているのか、真幸はひたすら滉一の名前を呼ぶ。

名前を呼ばれるたび、滉一の理性ははげ落ちて欲望がむき出しになる。

真幸の中心を握り、容赦《ようしゃ》なく擦り上げながら、先端の鈴口に尖《とが》った舌をねじ込む勢いで責め立てる。

真幸がぶるっと震えて絶頂を向かえそうになるたび、その手を止め、唇を放して自分を呼ぶよう要求する。

——もっともっと、真幸に名前を呼ばせたい。誰と寝ても、自分の名前を呼ぶほどに。

「こう、いちさ……滉一さん！　イかせてっ、お願い！　滉一さん！」

もどかしさに耐えかね、真幸が自分で解放を願うまで焦らし、ようやく滉一は蜜《みつ》でたっぷり濡れそぼった真幸の性器を口一杯に頬ばり、強く吸い上げた。

「あっんっ！」

熱い滑りとざらついた舌に包まれ、その刺激だけで真幸はあっけなく絶頂を向かえた。

我慢させすぎたせいか、勢いなくとろりと流れ出るそれを、丹念に舐め取る。

「あっ、こ、滉一、さん……もっ、やぁ……ふっぅ……」

すでに力を失いながらもビクビク脈打つそれに執拗に吸い付くと、身体全体が敏感になっている真幸は、肌を粟立《あわだ》たせすすり泣くような声を上げる。

やめさせようとしているのだろうが、震える手で頭を引きはがそうとするので髪を梳かれているみたいになって、心地よく感じる。

「真幸……気持ちよかった？」

「ん……だから、滉一さん、も、やめて……お願、い……」

顔を上げて、汗で額に張り付いた髪を梳きながら訊ねると、こっくり頷いて懇願する真幸に、優しく微笑んでやる。

「よかった。——気持ちよかったなら、もっとしてやるよ」

「や！　駄目っ、滉一さん！」

萎《な》えた真幸の性器を根元から扱き上げると、真幸は表情を引きつらせた。

それでも、したい。

「痛いことはしないし、優しくする。だから、真幸……俺のものになってくれ」

滉一は、優しく、容赦なく真幸の身体を可愛がり続けた。


ふと時計を見ると、日付が変わっていた。

腕の中に抱いた真幸は、深い眠りに落ちているのか、微動だにしない。

「……誕生日、おめでとう」

もっと優しくしたかったのに、何度もイかせて泣かせて、ひどい誕生日にしてしまった。

けれど、そうしなければいられないほど愛しかった。

自分の欲求は、真幸の可愛いお尻に擦りつけるだけですませた。

本当は欲望のままに貫きたかったけれど、最後の最後の理性を振り絞って踏みとどまった。

最低の自分でも、痛いことはしないと言った、その約束だけは守りたかったから。

散々泣かせて、疲れ切って反応のない身体を、抱きしめて髪に頬ずりするともうずいぶん髪の色が落ち、根元の白髪も目立ち始めていた。

「またそろそろ、染めてやらなきゃな……ちょっと裾も切らないと」

こんなに強く抱いているのに、腕の中の真幸は自分のものではない。

自分好みの髪色に染めても、自分の選んだ服を着せても、それで自分のものになるわけじゃなかった。

どうすれば手に入れることができるのか。もどかしさに胸をかきむしりたくなる。

「好きだ……真幸……俺のことを、好きになってくれ」

胸のつかえを吐き出すように、息を吐こうとしたはずが、口から出たのはそんな言葉だった。

声に出した途端、すっと胸が少し軽くなった気がする。

「真幸、好きだ。真幸。……俺のこと、好きになって……」

届かないと分かっていても零《こぼ》れる言葉を、滉一はただ呟き続けた。

「……すごく、いい夢見ちゃったなぁ……」

キッチンで朝食の準備をしながら、真幸は今朝からもう何度目かの惚《ほう》けたため息をついた。

昨夜、真幸はいつの間にか眠ってしまっていた。最後の方は何をされたか、自分が何を言ったかも記憶が曖昧《あいまい》なほど、湜一にすべてをゆだねきっていた。

前に手で触って貰ったときはひたすら気持ちよかったけれど、今回は口でもしてくれて、それがすさまじく気持ちよくて——気持ちよすぎると辛いなんて、初めて知った。

でもその辛さは、痛いとか苦しいではなく、もっと欲しいという貪欲なまでの劣情だった。

「湜一さん……引いちゃったかな……」

自分の浅ましさが、今思い出しても顔が熱くなるほど恥ずかしくなる。だけど、思い返さずにいられない。

湜一の腕の中は、電気毛布にくるまるより心地よくて、ずっと眠っていたかったほどに幸せだった。

夢見も最高によくて、朝方に目が覚めても起きるのがもったいなく感じた。まだ早い時間だったこともあって、真幸はベッドから、湜一の腕の中から、なかなか出ることができなかった。

滉一が眠っているのをいいことに、じっくり顔を見させて貰う。

眠っていても、格好いい人はやっぱり格好いい。形のいい眉に濃い睫。少し開いた唇から覗く白い歯。そこでつい、昨夜はあの唇にいろんなことをされたと思い出して、また身体の芯が熱く熱を帯びるのを感じ、真幸は慌てて目を閉じる。

視覚を遮断すると、肌の温《ぬく》もりや息づかいを全身に感じ、まるで本物の恋人同士になった気分になってしまう。

身の程知らずな自分の心に、これは恋人ごっこの一環なんだと強く言い聞かせた。

しかしごっこだと分かっていても、それでもいいからこうしていたいと思うほど心地いい。

でも、滉一が目覚めた時、どんなリアクションをすればいいのか分からない。

散々逡巡《しゅんじゅん》してから、真幸はそっとベッドから抜け出して自分の部屋へ戻った。

帰ってもなんだか落ち着かず、何かを探すみたいにリビングとキッチンを行ったり来たり、うろついてしまった。

そうこうするうち、朝食を作る時間になったので、とにかく朝食の準備を始めたのだ。

「起こしに行った方がいいのかな……！」

「おはよう。真幸──」

「おっ、おはようございます！」

滉一は、ちゃんといつもの食事の時間にやってきた。ぼんやりしていて滉一が入ってきたのに気付かなかった真幸は、気をつけの姿勢で挨拶を返す。

「おー、今日の味噌汁はわかめと油揚げか」

美味《おい》しそうだと言いながら席に着く滉一は、拍子抜けするほど普段通りだった。真幸の方は、味噌汁に隠し味でみりんを入れるところを、間違えて酢を入れそうになったほど混乱していたのに。

食事を始めた滉一に促され、真幸も向かいの席に着きはしたけれど、あの手で触られた、あの唇に自分のものが……なんて昨夜のことを逐一思い出し、ろくに食事が喉《のど》を通らなかった。

だけど滉一は本当にいつもと同じで、昨夜の出来事はただの夢だったのではと不安になってきた。

昨日のあれは、もっと滉一に触れられたい、一緒にいたいと願うあまりに見た夢だったのではと思えてきた。

「あり得るというか、そう考えた方が自然だよね……？」

何とか朝食を終え、鏡の前でネクタイを締める。その鏡に映る自分は、とても滉一にあんな素晴らしいことをして貰うに値する人間に見えない。

このところ、隙《すき》あらば滉一のことを考えてしまうせいか、夢と現実の境がひどく曖昧だ。

昨夜のことは妄想のしすぎで見た夢だ、そうに違いないと結論づける。

夢は夜に置いておいて、今は現実を見据えて会社へ行かなくては。

「じゃあ……いってきますね」

「ああ。いってらっしゃい。……なあ、真幸」

「はい！」

朝の光の差し込むキッチンで、洗い物をしてくれている滉一に、いつもと変わらず挨拶してから出勤しようとしたとき呼び止められて、必要以上に元気よく返事をしてしまう。

「今夜は飯の支度《したく》をしなくていいぞ」

「え？　……何故ですか？」

今日は一緒に夕飯を食べられないのかと思うと、それだけのことがとても残念に感じる。

「昨日のケーキの残りがあるから、夕飯代わりにあれを食っちまおう」

冷蔵庫に入れておいてあるからと言われ、あのケーキを食べてからの一連の出来事が、頭の中を一気に走馬燈《そうまとう》のように駆け巡った。

「は、ははは、はい！　そうですね。食べなきゃもったいないですよね！」

やっぱりあれは夢じゃない。せっかく夢で片付けようとしたのに、現実だと突きつけられて、頭の中は再び恐慌状態に陥る。

「あ、でも、夕飯がケーキだけというわけにはいきませんよね」

「ケーキだけでいいって。真幸は疲れてるだろ。何か欲しいなら俺が作ってやる」

何故疲れているのか、それを思い出させる艶っぽい眼差しを向けられて、頭が爆発しそうなほど顔が熱くなる。

滉一に作らせるなどとんでもない、と言いたいけれど何も言えず、酸欠の金魚みたいに口をぱくぱくさせてしまう。

「真幸は、何が食べたい？」

優しいが妙に淫靡《いんび》な微笑みに、自分が食べられてしまいそうな錯覚を覚える。いや、昨夜はあの口でほんのちょっぴり食べられちゃった気がする、なんてまた思い出して思考は頭の中でぐるんぐるん回る。

「な、何でもいいです！　いえ、ケーキがいいです！　ケーキだけでいいですからっ、だから、あの、いってきます！」

「はい。いってらっしゃい」

肩を震わせて笑う滉一に見送られ、真幸は勢いよく、だがぎくしゃくとロボットのように固い動きで家を出た。

出勤途中、滉一のことを思い出さないよう、電車の中で中吊《なかづ》りの広告をひたすら読んで心頭滅却し、心を落ち着けてから会社に着いた。

「よう。永瀬」

「久保田さん……おはようございます」

オフィスに到着してすぐ、珍しく久保田の方から真幸に声をかけてきた。

真幸はそこでようやく、昨日は久保田と食事に行ったのだったと思い出した。

まだ告白はしていないが、好きな人と誕生日に食事に出かけた、初デートと言ってもいいはずの出来事だった。なのに久保田と過ごしたことより、滉一とのことのインパクトが強すぎて、今まですっかり忘れてしまっていた。

「昨日はごちそうさまでした。ご一緒させていただけてよかったです」

「いやいや。こっちこそ、永瀬がこれからもうちでがんばってくれると分かってよかったよ」

「はい？」

久保田はご機嫌なようだが理由が分からず、昨日どんな話をしただろうかと首をひねってしまう。そんな真幸に、久保田は不審げに眉根を寄せる。

「引き抜きは断ったんだろ？」

「引き抜き？」

引き抜きといえば、ヘッドハンティング？　いや、野菜の収穫？　とにかくどちらにせよ覚えのない話で、真幸はさらに考え込む。

「おいおい。まさか、迷ってるんじゃないだろうな？」

「あの……すみませんが、何のお話かよく分からないです」

分からないことは素直に訊くのが一番と訊ねる真幸に、久保田は昨日の話なのにもう忘れたのかと呆《あき》れた顔をした。

「他社のカスタマーエンジニアからの誘いは、断ったって言っただろ」

「それって、大野《おおの》先輩の話ですか？」

去年の秋頃にこちらへ転勤してきた先輩に誘われ、何度か飲みに行った。その店の常連に営業部の人間がいて、真幸達の話を聞いていたらしい。

そんな話を昨夜、久保田から聞かされ、プログラムがどうのという話をしていたそうだがどういうことかと問いただされた。

会社の人間に聞かれていたとは驚いたが、別に隠さなければならない話はしていない。楽しかった大学時代の思い出話をしていたと答えた。

やたらと本当にそれだけかと詰問されて、気にかけて貰えることが嬉しくて舞い上がり、何故そんなことを訊かれたのかも考えず、ただそれだけですと答えた。

「大野先輩は、大手のエンジニアリング会社にお勤めなんですよ！　私なんかを雇ってくれるわけがないじゃないですか」

先輩から、また一緒にコーディングしようとは言われたが、あれは学生時代みたいにくだらないゲームでも作って遊ぼう、というたわいもない話ですと引き抜き疑惑を否定した。

「……営業の話じゃ、相手はそんな軽い風じゃなかったそうだが……。まあ、永瀬がそう思ってるんならそれでいいんだ。ここ数ヵ月、いつ辞めると言い出すかとひやひやしてたんだ」

盗み聞きした話を元に問い詰めるわけにもいかず、困っていたそうだ。でも思い切って聞いてみてよかった、と久保田は晴れやかに笑う。

「……それじゃあ……最近、久保田さんが私に目をかけてくださっていたのは……引き抜きを、警戒して？」

目の前の久保田の笑顔を、まるで静止画みたいに感じる。周りの音が遠のき、身体はその場に残して、心だけ奈落の底まで落ちていく錯覚に襲われる。

久保田との話を終えてから、どうやって自分のデスクへ戻ったかもよく覚えていない。仕事に取りかかりはしたが、ずっと心ここにあらずな感じだった。

ひたすらモニターを見つめながらコードを書き続けたせいか、目の奥がずんと痛くて目を開けているのも辛くなり、帰ったらすぐにベッドへ潜り込みたい気分だ。

けれど、滉一にはきちんと報告をしなければ。

何とか仕事を終えてうちに帰り着いた真幸は、リビングのソファにじっと座って滉一の帰りを待つ。

「ただいまー。……真幸？」

滉一がリビングの扉を開けると同時に、立ち上がった真幸は滉一に深々と頭を下げた。

「あなたみたいにハンサムで格好よくてセンスがあって親切な人が、たとえごっこでも恋人役になってくれて、私は本当に幸せ者でした」

「どうしたんだ?」

突然のことに驚き、心配げに近づいてくる滉一は、手にスーパーの袋を下げていた。何か野菜が入っているようで、夕食を作ろうとしてくれていたのだと思うと、なおさらに合わせる顔がなくて顔を上げられない。俯いたまま話し続ける。

「せっかくご指導をいただいたのに……駄目でした」

駄目どころの騒ぎではない。ただの恥ずかしい勘違いでしかなかったのだ。独り《ひと》相撲《ずもう》に滉一を巻き込んだ申し訳なさで、心が一杯だった。

「駄目って……久保田とのことか? 何があった?」

「久保田さんが私にだけ優しくしてくれてたのは、私に引き抜きの話が来ていると思って引き留めたくて、それで優しくしてくださっていただけだったんです……」

優しい問いかけに、真幸は諾諾と今日知ったことを話す。

「引き抜きの話なんてきてたのか。そりゃあ逃げられたくなきゃ待遇をよくするって、気付かなかったのか?」

少しばかり呆れを含んだ滉一の質問に、もっともだと今なら思える。でも今日まで、まったくそんなこととは考えなかったのだ。

先輩からまた一緒にコードが書きたいと言われたが、学生時代にみんなで一緒にわいわいやっていた頃を、先輩も懐かしんでいるだけだろうとしか思わなかった。

しかし、真幸が鈍くて気付かなかっただけで、端から見ればれっきとした引き抜きの誘いだったのだろう。

「私の担当していたプログラムは、文字列リテラルを直接書き込んだハードコーディングで、他の人が引き継ぐことはできないから、絶対に私に抜けられたくなかったんでしょうね」

「ええっと……つまり、真幸に抜けられたら今のプロジェクトが駄目になっちまう、ってことだったんだな?」

また難しいことを言ってしまっていると、分かっているけれど噛み砕く気力が湧かない。

それでも、滉一は理解しようとしてくれる。

滉一のいつもの優しさが、じわりと心に染みてくる。でも前は嬉しかったそれも、今はただただ申し訳なさとして心の重荷になる。

「引き抜きをかけてくださったことにも気付かず、それを引き留めてくださっていることにも気付かず、好かれているのではなんて勘違いして……私は、本当に馬鹿でした」

自分は勘違いと思い込みが多い、そう分かっていたはずなのに、またやらかした。おまけに滉一まで巻き込んで迷惑をかけてしまい、消え入りたい気分だ。

「その先輩ってのは、真幸に比喩表現は通用しないって分かってなかったのが悪い。そんな奴と一緒に仕事なんてしなくていい。真幸のことを、仕事上の使える部下程度としか思わない上司とも付き合わなくていい！　何だよ、真幸の本当の良さを分かってんのは俺だけか」

そう言う滉一は、なんだか晴れやかで嬉しそうに見えた。

どうしてそんな顔をしているのか。自分はこんなに落ち込んでいるのに。

自分みたいな奴が相手にされるわけがないと、陰で笑っていたのではと疑念が心に渦巻く。

そんなはずはないと思うけれど、今は何も信じられない。心がどんどん自虐的に卑屈になっていく。

「良さ？　良さってどんな？　ああ……慰めてくれているんですね。私にいいところなんて、そんなもの、ないですもんね」

仕事しか能がないくせに、好かれていると勘違いした。今も、滉一の同情からの優しさを好意と勘違いしそうになっている。

滉一は誰にでも優しいのに。

「何を卑屈になってる」

「どうせ私なんて――」

「どうせ、なんて言葉は使うな！」

「滉一さんには分からないです！　みっともなくて、自信なんか持てるわけない男の気持ちなんて！」

「みっともないって何だ！　俺がちゃんと、みっともなくないようにしてやっただろうが。いや、お前は元からみっともなくなんかなかった。ただ壊滅的にファッションセンスがなかったってだけで。今は、すっごく可愛くなった！　おまえは可愛いよ。本当だ」

滉一は、怒ってもやっぱり優しい。だけど、その優しさが自分だけのものにできないことが、堪らなく辛い。

「……少しマシになったって程度で……可愛いとか、格好いいにはほど遠いです」

「俺の見立てが気に入らないのか？　俺が信じられないのか？」

悔しそうに言葉を吐き出す滉一に、申し訳なさが募る。ただひたすら頭を下げて、謝るしかなかった。

「それは……滉一さんには感謝しています。元が元なのに、ここまでに努力していただいて。だけど、好きな人に愛されないなら……意味がないかと」

滉一の努力に応えられなかった、自分のふがいなさに打ちのめされて顔が上げられない。

「意味がないときたか！　俺がやったことは……余計なお世話だったたってことか」

「そうじゃないです！　やるだけやったけど、やっぱり駄目で……すみません、ごめんなさい……もう、駄目です……もう、何にも考えたくないです」

すべては、自分の早合点が発端だ。もう二度と勘違いなんてしたくない。

滉一は、自分のことを本当に思いやってくれているように思う。だけれど、そう感じる自分の感性の方を信じられない。

傷つく恐怖に身がすくみ、何も考えたくなくなる。

考えれば考えるほどおかしなことをしてしまう。そんな自分が惨めで、ひたすら恥ずかしかった。

「一人に、してください」

みっともない格好が嫌いな滉一に、今のみっともない自分の姿を見られたくない。隠れるように身を縮める。

滉一の努力に何一つ報いることができなかったのに、この期《ご》に及んで、まだ滉一に嫌われたくないなんて思っている自分が恥ずかしい。

「んなこと言われても、ほっとけるかよ」

「一人が、いいです……」

一人なら傷つかないし、滉一にも迷惑をかけずにすむ。

「真幸……」

俯いていると、滉一がぐっと拳《こぶし》を握るのが目に入った。あの優しい指に触れて貰える価値など、自分にはない。それが何より悲しかった。

「お願いします……一人にして……」

「……所詮『恋人ごっこ』の相手が何を言っても聞く耳持てない、ってか……」

滉一がぽつりと漏らした言葉に、なんと答えればいいのか分からない。もう何も分からないし考えたくない。

黙って滉一から顔を背けて俯いていると、滉一は静かにきびすを返して部屋を出ていった。

「……終わったんだ」

扉の閉まった音の後に訪れた、滉一のいない部屋の静けさを、痛いほどに感じる。

だけど独りぼっちの寂しさには、子供の頃から慣れていた。

仕事をして家事をして、余暇にはドラマを見たり本を読んだり——淡々と日々を乗り越えていけばいいのだ。

どんなドラマにも漫画にも、最終回があった。ゲームもクリアしたらエンディングを向かえる。それと同じこと。

DVDを買うほど好きだったドラマも、くり返し見るうちに、嫌いになったわけではないが、見る回数は減っていく。

この想いも、変わることはないだろうけれど、いつかきっと忘れられる。

それが、いつになるかは真幸にも分からないけれど、その時がくるのを信じて待つより他はなかった。

——一人にしてください。

それが真幸の望みなら、そうするよりほかない。

あれだけ拒絶されたんだから、もう放っておけばいい。そう思う側から気になって、今すぐにでも駆け戻って抱きしめたくなる。

そんな気持ちを押さえ込み、滉一は自分の部屋へと戻った。

「何で……何で俺を頼らない？　何で俺じゃ駄目なんだ？　何で……俺は、こんなに……あいつのこと、好きなのに」

考えても考えても、どうすればいいのか分からない。滉一は去る者追わずで、別れた相手を追いかけるなんてしたことがないのだから。

真幸の望みが一人になりたいということなら、一人にした方がいいのか。側にいたいと思うのは、ただのわがままの押しつけなのか。

答えが見つからず、滉一はただの日常に——真幸と出会う前の暮らしに身を置くしかなかった。

朝起きて、通勤途中のコンビニで買ったおにぎりやサンドイッチを店で食べ、仕事をする。

相変わらず店は盛況で、昼食を取る間もなく、毛染めやパーマの合間にクッキーやジュースで空腹を紛らわす。

それでも、思い通りに仕上がった髪型にお客さんが喜んでくれれば、充実感で疲れなど吹き飛んでしまう。

今までは、そうだった。

「はあー……」

今日も忙しかったが、いつもと変わらない一日だった。それなのに、疲労感が肩にのしかかったように身体が重い。最後の客を見送り営業を終え、片付けようとした愛用のはさみさえ重く感じて、思わず深いため息を漏らす。

真幸のあのさらさらの髪を触りたい、洗いたい、染めたい、カットしたい。

気が緩むと、まるで禁断症状に陥ったかのように、真幸のことばかり考えてしまう。真幸の髪の感触を思い起こし、じっと手を見る。

ここ数日、ずっとそんな感じな上に、あれだけ話題にしていた真幸のことを話さなくなった滉一の異変に、周りが気付かないわけがない。

問い詰められて、真幸の恋が散って自分との『恋人ごっこ』も終わった、と簡潔に告げた。「何で?」「どうして?」「どうすんの?」と質問攻めにされたが、そんなものこっちが聞きたい。

どうもしないし何も変わらない。恋人との別れなんて、何度もくり返してきた。今までと同じだと言い切り、そうするつもりだった。

だが、仕事中はともかく、店を閉めると気が緩む。真幸と過ごしていた頃なら、今日の夕飯は何だろうとか、今頃真幸は何をしているだろうなんて頭に浮かんで、早く帰ろうとてきぱき片付けられたのに。

「『恋人ごっこ』が終わったんなら、さっさと本物の恋人を作っちゃえばいいじゃないですか」

鏡を磨く手を止めて、ストレートに言ってくる亜利沙《ありさ》に苦笑いが漏れる。

彼氏なんて小学生のときからいましたとBカップの胸を張るが、真剣な恋などしたことがあるのか甚《はなは》だ疑問な小娘に意見されるとは、自分が情けなくなる。

「関係ない奴はすっこんでろ」

「関係あります。店長に暗い顔されてると、うっとうしいんです」

「うっとうしいっていうか、早く元気になって欲しいんですよ」

これまたはっきり言い切る亜利沙を、さすがに見かねて里香がフォローする。けれど、亜利沙の言うのも分かる。店長に覇気がないのはよくないと、自分でも思う。

とはいえ、ことはそんなに簡単なことじゃない。大人げなく亜利沙達からそっぽを向けば、修司が取りなすように間に入ってきた。

「コウさん、真幸さんのこと好きなんでしょ。ごっこじゃなくて恋人としてちゃんと付き合ってくれって、言ってみればどうです？」

「真幸が好きなのは俺じゃないのに？　――んな格好悪いことできるか」

「格好悪くてもいいじゃないですか。真幸さんもコウさんに好意を持ってるのは確実だし」

望みはあると言われても、友人としての好意と恋人としての好意は別物だ。実際に、真幸は久保田との恋が終わった途端に、自分の手を振り払うようなことを言い、拒絶した。

あれは、かなりショックだった。

キスを拒否されるたびに感じた胸の痛みなんて、比ではない。これで真剣に付き合ってくれと告白して振られた日には、心臓が止まるんじゃないかと本気で思う。

「だけど、今って絶好のチャンスですよ！　振られたてのところを優しくされれば、イチコロで参っちゃいますって」

「弱みにつけ込むなんて、最悪にみっともないだろうが！」

ものすごくいいことを思いついたとばかりに提案してくる亜利沙に、滉一は思いっきり渋い顔をした。

「みっともないとかなりふり構ってる間に、他の人に盗られちゃってもいいんですか？　昔はともかく、今の真幸さんなら言い寄ってくる人多そうですよー？」

「生まれながらに格好いいと、格好悪いってのに慣れてないの。何せ俺は、幼少のみぎりより天使のように可愛いかったからな」

「それが今は、立派な天狗《てんぐ》になっちゃって」

「上手いこと言うなあ」

茶々を入れる亜利沙に、反論する元気すらなくなる。投げやりな滉一に、修司は眉をひそめる。

「そうやって強がってて、本当に真幸さんを逃がしちゃってもいいんですか？」

「逃がすも何も、あいつは俺のものじゃないから……って、何であいつは俺のものじゃないんだよ！」

「も、いいです。勝手にしてください」

「見捨てるな！　こらーっ」

修司はわざとらしく肩をすくめ、モップを片付けに行ってしまう。振り返ると、掃除を終えた亜利沙と里香も目線をそらして帰り支度を始める。

みんなに背を向けられ、滉一は一人寂しくため息をついて帰路についた。

公園の木々の向こうにマンションが見え始めると、その四階を見つめて立ち止まる。

意地を張っても実のところ、最近の滉一はずっと格好悪い。

マンションに帰り着いてエレベーターに乗ると、無意識のうちに手が4のボタンを押してしまう。成り行き上そこで降り、真幸の部屋の前まで行く。

部屋の合い鍵は、まだ持ったまま。返さなければと思うのに、返そうという行動に移れない。それを使って部屋へ入る勇気もない。

一人でいたいという真幸に無理に会おうとして、うっとうしい奴と思われるのは嫌だ。

しばし扉の前で立ち尽くし、とぼとぼと階段で上の階へと帰る。しかし帰ったところで、このすぐ下に会いたくて堪らない相手がいるのだ。無駄と分かっていながらも、床に突っ伏して耳を澄ましてしまう。

ここまでくれば、ストーカーすら余裕でぶっちぎる変質者の域だ。

我ながら情けないが、今日もきっとそうしてしまうだろう。

深いため息をついて再び歩き出すと、店のみんなに言われたことが、頭の中でぐるぐる回る。格好を構っている間に真幸に新しく好きな人ができたら――そんなことを考えるだけで、胸が焼け付くみたいな熱い嫉妬を感じる。

でもだからといって、自分のことを好きになってくれなんて今更縋《すが》って、格好悪い奴と思われたくない。

真幸は『格好いい滉一』に好意を持ってくれていた。なのに格好悪いところなんて見せて幻滅されたら、と思うと怖い。

自分がこんなに女々《めめ》しい奴とは知らなかった。

何一つ打開策が見つからなくて、明日は休みだから憂さ晴らしに飲みに行こうかとも思ったが、そんな気力も湧かない。滉一はコンビニで食料品だけを買い、まっすぐ家に帰ることにした。

静かで寂しい公園沿いの道を抜けて、マンションの前で人影に気付く。

俯いてとぼとぼと、この世の不幸のすべてを背負っているかのように肩を落とした歩き方。その人物の格好を見て、眉間《みけん》に思いっきり皺《しわ》が寄った。

鞄には、安全対策のリフレクターキーホルダー。ネイビーのスーツに、リーフグリーンの登山帽子を被《かぶ》っている。そんなセンスの人間は、真幸以外にいないだろう。

まだ日差しも穏やかな四月の、しかも夜に何故帽子なのか。

それは、自分と顔を合わせたくないからとしか思えない。ここまで避けられては、是が非でも顔を合わせたくなる。

「よう」

つかつか近づいて後ろから突然声をかけ、真幸が顔を上げた瞬間に帽子をはぎ取る。

「だ、駄目です！　みっともないから見ないでください！」

滉一から慌てて帽子を取り戻そうとする真幸の、街灯に照らされたその顔を見た途端、身体が固まった。

「みっともないじゃないだろ！　これ……」

帽子の下から現れた真幸の顔は、髪の生え際あたりがまだら模様に赤くなっていた。

こんな風になった肌を、以前にも見たことがある。ヘアカラーの薬剤でかぶれたアレルギー症状だ。

「アレルギーが出たのか。どこで染めてこんなことに……」

「どこって……自分で染めました。滉一さん以外の人にお願いする気になれなくて」

自分以外には染めさせたくなかったという言葉に舞い上がりそうになったが、今はそんな場合ではない。しっかり目を見据えて問いただす。

「自分でって、パッチテストをしなかったのか！」

「はい。でもパッチテストは、『初めて染める場合は』と説明書にあったので……」

真幸の性格なら説明書を読んだのではと思ったら、やはりちゃんと読んだらしい。だが、ヘアマニキュアとヘアカラーの違いを知らない真幸は、初めてではないから大丈夫と勘違いしてしまったのだ。

「俺が真幸に使ってたのは、ヘアマニキュアだったんだ。真幸が使ったのは白髪染め用のヘアカラーだろ」

「どれがいいのかよく分からないので、今の髪色に似たカラーの物を選んだんですが……そういえば、確かにヘアカラーと書いてあったと思います。あれは違うものだったんですか」

「ヘアマニキュアは、白髪を外からコーティングするだけだから色持ちが悪い。その代わり、アレルギーを起こす物質が入ってないから、パッチテストの必要がないんだ。俺がちゃんと説明しといてやれば……」

ヘアカラーは、ヘアマニキュアより髪を傷める。真幸のきれいな髪を傷めたくなかったし、あまりしっかり染めたくないようだったから、ちょうどいいと思ったのに、こんなことになるなんて。

「そんな。単に私が物知らずだったってだけで」

「かゆかっただろ……」

ドジで申し訳ないですと俯く真幸に、触れたくて手を伸ばす。だが、熱い物が近づいたかのように身体をびくつかせる真幸に、手を引っ込める。

もう恋人役ではないし、自分のせいでこんなことになったのだ。触れられたくないと思われても仕方がない。そう理解していても、心は寂しさに沈む。

「す、すみません。みっともない様をお見せして。これでも腫《は》れが引いてずいぶんマシになったんですが……」

「みっともなくなんかない。病院へは行ったのか？」

「はい。点滴をしていただいたら、その日のうちにかゆみも腫れも治まったんですが、この見た目はなかなか治らなくて」

だから帽子で隠していたようだ。恥ずかしそうに、アレルギー痕《あと》の赤味が残る首筋を手で隠すのが痛々しい。

自分が真幸を中途半端に放り出したばかりに、こんなことになったのだ。滉一の胸に自責の念が押し寄せる。

「見せてみろ」

真幸の腕を摑んで引き寄せると、顎《あご》に手をかけて強引に首筋を晒《さら》す。真幸を怯えさせたくなかったが、どうしてもきちんと見て状態を確認したかった。

「いえ、本当にもう、大丈夫――」

「ここ、かいたのか。可哀相に……」

確かに、おでこのあたりは微《かす》かに赤い部分が残っている程度まで治まっていたが、首筋にはかゆさに負けて爪でかいてしまったのだろう、赤い筋がくっきりとついていた。

「気を付けてはいたんですが、寝ている間に無意識にやってしまったようで」

起きている間は自制が利くが、眠っていては無理だろう。

「よし。今夜は俺が一緒に寝る。それでかかないように手を握っててやる」

「え？　いえ、あの、もう本当に大丈夫ですから！」

「大丈夫じゃない。俺のせいでこうなったんだから、責任を取らせてくれ」

「そんな。責任とか、そんな……そんなの……」

「頼む、真幸。心配なんだ。側にいさせてくれ」

真剣に頼み込むと、でも、だって、と断りの言葉を探すが、本気で嫌がっている様子はない真幸の肩を抱いて強引に歩かせる。

今までの、真幸の部屋の前まで行っても何もできずに帰っていた、気弱な自分の方がおかしかったのだ。

真幸に嫌われていない――そう思ったら、のしかかっていた重りが取れたみたいに心が軽くなり、いつもの強気な自分が戻ってきた。

「夕飯はもう食べた？　俺、コンビニ弁当買ってきたんだけど、半分食うか？」

「いいえ、夕飯なら私が何かお作りします」

世話を焼きたがる真幸の性格を刺激すると、あっさりと引っかかり、一緒に並んで歩き出す。

食事を作る気の真幸を、滉一は自分の部屋へと連れてきた。

コンビニ弁当だって無駄にしてはもったいないし、朝食用にと思って買った菓子パンもある。そう説得し、それを真幸と半分こにして手早く夕食をすませる。

久しぶりに真幸の料理を食べたい気持ちはあったが、早く真幸をゆっくりのんびりさせてやりたかった。

「風呂、先に使って。――覗かないからごゆっくり」

「本当ですね？」

確かめる表情が、少しだけ残念そうに見えたのは気のせいか。

滉一は約束する、と口では言いながらも、本音は覗きたい気持ちで一杯だった。真幸が風呂から上がってくるまでの間、テレビをつけて気を紛らわす。

しかし、まだ身体を温めるとかゆみが出るからか、真幸は烏《からす》の行水ですぐに戻ってきた。

湯上がりの真幸が部屋へ入ってきただけで、ふんわりとした温かな香りが部屋へ広がる。

滉一は、その香りを吸い尽くす勢いで深呼吸して堪能する。

「お先にいただきました。滉一さんもどうぞ」

「よし。んじゃあ、ここに座って」

バスローブ姿で滉一に風呂を勧める真幸を、リビングのソファに座らせる。

「あの……？」

「ドライヤーかけてやるよ。髪が濡れたままじゃ肌によくない」

自分でしますという真幸に、手早く肌に熱風が触れないよう乾かしてやるから、と言い聞かせてドライヤーをかける。

「久しぶりですね。滉一さんにドライヤーをかけて貰うの」

嬉しそうに頬を上気させた顔で見上げられて、こちらも嬉しくなる。けれど、味気ない茶色一色に染まった髪の、傷みが気になって表情が曇る。お湯で洗い流しただけなのか、ひどくぱさついていた。

「トリートメント、使ってないのか？」

「はい……すみません。何かを頭につけるのが怖くなって……」

「そうか。そうだよな」

よほどアレルギーの痛みとかゆみがひどかったのだろう、軽くトラウマになっているようだ。

洗い流さないヘアトリートメントなどでもケアしてやれるが、今は髪より心のケアの方が大切に思えた。それ以上は何も言わず、髪を乾かすにとどめた。

それから滉一も風呂に入って素早く頭と身体だけ洗って出ると、真幸は滉一が貸したパジャマ代わりのスウェットを着て、所存なげにテレビを見ていた。

「何か面白い番組やってる？」

「いえ。特に……」

「じゃあゲームでもする？」

「あ、今は、いいです」

「そっか」

ほんの数日会わなかっただけなのに、なんだか距離を感じる。以前はどんな風に過ごしていただろう。

手持ち無沙汰《ぶさた》で、後ろから真幸の少し傷んでぱさついた髪に触れる。

一瞬びくついたが、真幸は何も言わない。それに乗じて髪の傷み具合を確かめるが、ヘアカラーのせいか何もつけずに洗いすぎたせいか、パッサパサに傷んでいた。

――落ち着いたら、ちゃんとトリートメントにパックもして、きれいな髪に戻してやらないと。

「ん？」

何の気なしに浮かんだ、自分の思考に驚く。傷んだ髪になんて触れたら、以前の滉一なら確実に萎えた。なのに今は、よりいっそう愛しさが湧いた。

自分のせいで傷ついた髪と、真幸を癒《い》やしたい。

小さく声を漏らした滉一に、真幸は何事かと首を巡らせ見上げてくる。

「俺がまた、元のきれいな髪に戻してやるからな」

「……滉一さん」

見つめ合うと、愛しさに任せて抱きしめたくなった。けれど、それはできない。もう『恋人ごっこ』は終わったのだ。

ただの友人、もしくは美容師として接しなければと自戒する。

「もう眠いんじゃない？」

「そうですね……少し」

身体を休めるのも回復には大切だろう。特にしたいこともなさそうな真幸を、早々に寝室へ向かわせた。

このベッドで抱き合った。真幸もそのことを思い出したのか、不自然にベッドから目をそらしている。

滉一は身体が熱くなる思い出を封じ、極力何気ない風を装う。

「明日は何時に起きる？」

「滉一さんは、明日はお休みですよね。携帯のバイブで目覚ましをかけておきます」

携帯電話を取ってきて、眼鏡と一緒にベッドサイドに置く。

滉一を起こさないようにと心を配る真幸に苦笑いが漏れる。こんなときくらい思い切り甘えてくれればいいのに、と寂しく感じた。

「それじゃ、寝るか」

「はい。お休みなさい」

真幸を先にベッドに寝かせると、明かりを小さな間接照明だけにしてその横に潜り込む。

「真幸、こっち向かなきゃ駄目だろ」

「え？　でも……」

恥ずかしいのか背を向けようとする真幸と向かい合い、その両手をまとめて上から握りしめる。

「ちゃんとかかないように、こうしとかないと」

できればタオルか何かでお互いの手を結んでしまいたいくらいだったが、それは大げさだろう。これでは眠ってしまえば離してしまうと思うが、それでも、できる限りのことがしたかった。

「これじゃ、眠れない？」

俯いて、手ばかり見つめている真幸に問いかけると、少しだけ顔を上げて視線を合わせる。そんな仕草が堪らなく可愛く感じた。

「いえ、多分……大丈夫かと。でも、滉一さんは？」

「俺も大丈夫。じゃあ問題ないな。お休み」

身体におかしな変化が起きないよう、さっさと寝る振りをする。

滉一が目を閉じると、真幸も観念したのか、深い息をついて身体の力を抜いた。

視覚を遮ると他の器官が鋭くなるのか、互いの手の温もりや静かな吐息なんかをより感じる。

そっと目を開けると、真幸はもう眠ったのか寝た振りをしているのか、目を閉じている。

薄明かりの中で、真幸の伏せた睫や小さく開いた唇を眺めていると、不思議と落ち着いている自分に気付く。襲いかかってしまうんではと、自分の理性の限界にチャレンジすることになると思ったのに。

真幸が側にいる。同じベッドで眠っている。握った真幸の手の温もりが、身体の隅々まで広がって、ふわふわとした心地よさに包まれる。

――どうか、早く治りますように。もうかゆくなりませんように。

神さまの存在なんて信じたこともないくせに、祈らずにいられない。

眠りに落ちるまで、滉一はそれだけを願い続けた。

腕の中で、何かがもぞりと動いた気配に目が覚めた。

手を繋《つな》いで眠ったが、いつの間にかその手を離し、真幸を腕の中に抱き込んでいた。

そのまま寝顔を眺めていると、この数日の苛立《いらだ》ちも寂しさもすべて溶けるみたいに消えていく。真幸がよく眠っているようなのに安心し、ベッドサイドの時計に視線をやると、時刻はまだ五時前だった。

男と一つのベッドで何もせずに朝を迎えるなんて、これまでの自分からは考えられない。

正直なところ、いろいろしたい気はある。でも、何もできなくても、本当に好きな相手なら、腕の中で眠ってくれるだけで幸せだと気付いた。

もう一寝入りしようとして、真幸の肩が布団《ふとん》から出ているのに気付き、布団をかけ直してやる。

そのままじっと真幸の寝顔を見つめていると、伏せた瞼からすっと一筋の涙が零れた。

「……真幸?」

どこか痛いのか、かゆいのか。怖い夢でも見ているのか。起こしては悪いかとも思ったが、どうしても気になって声をかけても、真幸は微動だにしない。

「真幸?　おい。……真幸!　どうした?　目を開けろ」

「いやです」

擦《かす》れた声で、返答があったことにほっとするが、頑として目を開けない真幸に狼狽える。

「どうした？　どこか痛い？　痛くて目が開かないのか？」

「……目を開けたら、夢が覚めちゃうじゃないですか」

泣くほど嫌な夢なら覚めた方がいいだろうに。それに返事をするからには、もう夢から覚めているはず。

寝ぼけているのかと、優しく背中を撫でてやる。

「夢って？」

「滉一さんといると、素敵な夢ばかり見られる」

真幸はどうも夢の余韻に浸っているのか、その返答は要領を得ない。しかし、素敵な夢なら何故泣くのか。

問いかけるように涙の跡を指でなぞると、真幸はその手に甘えた様子で顔をすり寄せてくる。

「子供の頃、ずっと……夢みてました。眠っている間に肩からずれた布団を、誰かがかけ直してくれることを。それを、思い出して……馬鹿みたいですよね。いい年をして」

両親の愛情に餓《う》え、独りぼっちで眠っている小さな子供の姿が思い浮かんで、胸が痛む。

その痛みを埋めるように、腕の中のかつての小さな子供を抱きしめる。

「馬鹿じゃないよ……馬鹿」

「どっちなんですか」

ふふっと微かに笑って、真幸が目を開ける。腕の中から、夢見心地のぼんやりとした瞳で見つめてくれるのが、堪らなく嬉しい。

壊さないよう、そっと抱きしめる腕に力を込める。

「……もう少し、こうしていよう」

カーテン越しに見る窓の外は、白々と明け始めているけれど、まだ起きるには早い。

愛しい人の髪に口づけて、夜明けまでしばし夢より心地よい微睡《まどろ》みに誘った。


微睡みの中で、妙な寂しさを感じて意識が覚醒する。

胸というか腕の中が空っぽなのだと気付いた滉一は、寝ぼけ眼《まなこ》のまま手探りで真幸の姿を求めたが、どこにもない。

「——真幸……真幸！」

昨夜のことは夢だったのか。そんな馬鹿なと慌てて起き上がったとき、寝室の扉が開いた。

「あ、もう起きてらしたんですね。おはようございます」

Ｙシャツにズボンを身につけ、爽《さわ》やかな笑顔で挨拶《あいさつ》してくる真幸に、安堵と失望のため息をつく。

真幸はさっさと夢から覚めて、現実の世界にいる。もう少し夢を楽しみたかったのに。

「私の部屋に朝食を用意しましたから、一緒にいただきましょう」

「んー、でも、まだ眠いし……」

「ほら、起きてください」

とても魅惑的な提案に、それでも未練がましくベッドに居座ると、真幸が起こしに近づいてきた。その手を掴んで引き寄せ、首筋を確認する。まだ少し赤い部分は残っているが、大したことはないし、新たな傷もない。

「昨日はかいてないな」

「……はい。おかげさまで」

明け方のことを思い出したのか、ほんのりと頬を染める。恥じらう真幸を目にして、昨日は起こらなかった身体的変化が起きそうになる。

しかしそんな獣《けだもの》な下半身を理性の鞭《むち》で押さえ込み、紳士的に振る舞う。

「ずっと心配してたんだぞ。こんなことならもっと早く様子を見に行ってやればよかったな」

「いいんです。そんなの。来てくれる気なんてなかったくせに」

いつもと違う、素っ気ない態度に面食らう。恋に破れた真幸を慰めるのには失敗したが、怒らせるようなことはしていないはず。

それに、今までどれだけやきもきしたことか。真幸の部屋の前でうろうろしていた、不審者な自分を見せてやりたくなる。

「それはだって、真幸が一人にしてくれって言うから、落ち着くまでしばらくはそっとしておこうと思ってさ」

真幸に拒絶されて、滉一だって少なからず傷ついた。それを責められるのは納得いかない。けれど、真幸も強気で一歩も引かない。

「夢にだって出てきてくれなかったじゃないですか！」

「会いたきゃ現実の方に会いに来ればいいだろ。五〇五号室のチャイム鳴らしたら出てくるぞ！」

「それは、現実の滉一さんじゃないですか。私が会いたかったのは『夢の中の滉一さん』なんです」

「はい？」

夢の中に会いに来いだなんて、そんなラブソングの歌詞みたいなことを言われても困る。比喩表現が苦手な真幸からの意外な言葉を、どう受け取ればいいのか思案する。

「以前、一緒に眠ったあの日に……滉一さんは夢の中で……私のことを……好きだって言ってくれたんです」

言ってから、ちゃんと夢だって分かってますからね！　と息巻く真幸に、滉一は一瞬息を呑《の》んだ。

「もしかして、髪を染めたのも……」

「それも、夢の中の滉一さんに染めた方がいいって言われたからです」

真幸の言葉に、心臓がドキンと跳ね上がり、そのまま早鐘を打つ。

眠っているとばかり思っていたけれど、あの時、真幸は起きていたのか。

「その夢を見て……どう思った？」

「どうって……とても幸せな気分でした。夢から覚めたくないくらい……。もうずっと夢の中にいた方がいいんです。だから毎日、仕事してご飯を食べて、後はひたすら寝ることにしたんです！　そうしたら、ずっと幸せでいられると思って……」

だから滉一にも会いに来なかった。ずっと、夢で会えることを期待して、夢の中で滉一を待ち続けていたなんて。

愛しさと嬉しさが心からあふれて、体裁を繕うことも格好をつける余裕も押し流していく。

「それは……夢じゃない。本当に言った。久保田より、夢の中の俺より、今の俺のことを好きになれよ。いや、好きになってください。ごっこじゃなくて、本当の恋人になってくれ！」

飾りも偽りもない滉一の告白に、ぽかんと口を開けた後、真幸は何故か悲しげに微笑んだ。

「このアレルギーに責任を感じてくれてるんなら、それは間違っています」

「違う！　俺は本当に、真幸が好きなんだ」

アレルギーのことに責任は感じているが、それとこれは別だとどれだけ真摯《しんし》に訴えても、真幸は信じられないと首を振る。

「いやか？　俺に好かれても、迷惑なだけか？」

「そ、そんな、まさか！　迷惑だなんて違います！　信じられないってだけで」

「信用ないな……」

信じられない、とは大ダメージだ。地の底にめり込みそうなほど落ち込みかけたが、真幸が慌てて引き上げに来てくれる。

「あ、あ、そのっ、違います！　滉一さんを信じていないいんじゃなくて……あれ？　やっぱり信じられないのか。滉一さんが私のことを好きになるなんて、あり得ないでしょう」

おかしなことだけ自信満々に言い切る。そんな真幸が、やっぱり可愛くて愛おしい。

「そろそろ、染めてやらなきゃな。ちょっと裾も切らないと――」

滉一にとっても、あの夜のことは夢のようだった。けれど、夢じゃない。

それを分かって貰うため、あの夜と同じ台詞《せりふ》を告げると、夢で聞いたはずの言葉を知っている滉一に、真幸は夢の中身を覗かれたと狼狽える。

「なっ、何で知ってるんですか？　こ、滉一さんってば魔法使いじゃなくて、エスパー？」

この期に及んでまだ疑われることに腹が立ちそうになったが、エスパーかなんて言い出す真幸の相変わらずのずれっぷりに、怒りはすっかり消えて、代わりに笑ってしまう。

「本当に言った。夢じゃなくて、現実の俺が言ったんだ」

「そんなの……そんなこと……」

やっぱり信じられないと首を振る真幸に、ゆっくりと言い聞かすようにあの夜と同じ言葉をくり返す。

「好きだ、真幸。俺のことを好きになってくれ」

ずっと告げたかった言葉を、夢だと間違えられないよう、はっきりきっぱり言い切った。

「う……」

「嘘じゃない。頼むから、俺のこと好きになって」

真幸は、じっと見つめているというより、ぼんやりこちらを見ていたが、ゆっくり近づいてくる。

どうする気かと思ううちにどんどん近づいてきて、唇が触れた。

柔らかな感触が唇に当たった。真幸が、自分からキスをしてきたと頭が理解したときには、身体はすでに真幸を押し倒していた。

さっきは触れただけの唇に、自分の唇を押しつける。ずっと触れたかったそこに吸い付き甘噛みする。

「はっ……ん、んっ」

むさぼり尽くすみたいに激しい口づけに呼吸まで奪われて、苦しげにうめく真幸の声に、ようやく正気に戻って真幸の唇を解放した。

「悪い……真幸、大丈夫か？」

「これ……やっぱり……夢？」

まさに夢見るようにトロンとした眼差しに、滉一の心も蕩けていく。夢のように幸せだけれど、現実だ。

「夢じゃないよ」

「何で？　夢ならキスさせて貰わなきゃ損だと思ったのに……夢じゃないなんて……」

「真幸？」

「だって、こんなの……滉一さんが、私を好きとか……夢に決まってるじゃないですか！」

なのに、何で夢じゃないんですか、と胸ぐらを掴まれて詰め寄られる。

「いや、あの、ちょっと落ち着こうか」

縋ってくる真幸の頬を手のひらで包んで視線を合わせ、自分に合わせろと言い聞かすようにゆっくり深く呼吸すると、真幸も大きく深呼吸をした。それで肩に入っていた力が抜けて少し落ち着いたようだ。

「これ本当に……現実？」

「現実だ。現実の俺は、きっと真幸が理想としてるみたいに格好よくないと思う。一杯みっともないとこも見せると思う。それでも、幻滅したり嫌いになったりしないで欲しい」

素直に心情を吐露すると、真幸は零れ落ちそうなほど大きく目を見開き、それから恥ずかしげに目を伏せた。

長い睫が影を作る、色っぽい瞳が滉一の心を波立たせる。

「まだ、夢の中の俺の方がいい？」

答えの分かりきった問いかけを、それでもふるふると首を振って力一杯否定されると、喜びは一気に頂点まで上り詰める。

「真幸！」

襲いかかる勢いで、何度も角度を変え、強く甘く口づけをくり返す。真幸の眼鏡がずれて邪魔だと感じるけれど、それをのける手間さえ惜しい。

真幸の息が上がって、酸欠で死んじゃいますと涙目で訴えられるまで堪能した。

キスより先に進もうと、真幸のシャツのボタンに手をかけると、その手を真幸に摑まれる。

ここまできて拒否するなんて、真幸はやっぱり小悪魔ではなく悪魔だ、と泣きたい気分になった。

「滉一さん、あの……嬉しいんですけど、今日、平日で……会社が……」

心底残念そうな真幸に、嫌がっているのではないと分かって、滉一の脳内で天使が祝福のラッパを吹き鳴らす。自分が休みだからうっかりしていたが、真幸は会社があるのだ。

しかし、今更この盛り上がった心と身体は治まりそうにない。

真幸の方も、頬も上気しトロンと蕩けた眼差しで、とてもこのまま出社できるとは思えない。

真幸は以前、恋と仕事なら恋を取ると言っていた。何とか休みを取って貰えないだろうかと一縷《いちる》の望みをかけて、真幸のズボンのポケットから携帯電話を取り出し、頭を下げながらそれを真幸に差し出した。

「もしも休める状況だとしたら、俺のために会社を休んで欲しい」

「今日、休む……ですか……」

どうか仕事が立て込んでいませんように、と祈りながら真幸の答えを待つ。

だが携帯電話を手に取った真幸は、そのままフリーズしたみたいに動きを止めたまま。

「あの……真幸?」

「ミッションコンプリート!」

「――はい?」

突然、弾《はじ》けるような笑顔で意味不明なことを言われ、今度は滉一がフリーズしてしまう。

「今、脳内で今日休んだ場合の仕事への影響とその対応策をシミュレーションしてみましたが、木曜の結合テストに十分間に合うと答えが出ました」

それで、ミッションコンプリート――任務完了、と結論づけたということか。相変わらずの突飛な発言が面白くて、そして導き出された答えが嬉しくて、笑ってしまう。

「でも、本当に大丈夫か？」

「はい。滉一さんのためなら徹夜の一日や二日、何ともないですから！」

「それじゃ駄目だ！」

徹夜なんてさせられない、と真幸の手から携帯電話を奪い取ろうとしたが、真幸はそれをしっかりと胸に抱え込む。

「違います、違います！　それくらいしてもいいほど、滉一さんが好きで一緒にいたいって意味であって、本当にそれほど仕事が立て込んでるわけじゃありませんから！」

「真幸……」

何ともさらっと嬉しいことを言ってくれた真幸が愛おしくて、じっと見つめたが、本人は会社に連絡を入れようと携帯電話の画面を操作し出す。自分の言った言葉が、どれほど滉一を喜ばせたかも分かっていないのだろう。

愛しさに目を細めて真幸を見ていて、ふと気付く。

「……ん？　その待ち受け……？」

「あ！　こ、これは、その！　あ、あははは、や！　ちょっ……すみません！」

携帯電話を抱え込んで隠そうとする真幸の上にのしかかり、脇腹をくすぐって携帯電話を取り上げる。その待ち受け画面でにっこり営業用スマイルを浮かべているのは、どう見ても自分だった。

「こんな写真、いつ撮ったっけ？」

真幸に写真を撮られた覚えはない、というか真幸相手にこんな作り笑顔はしない、というか——

「これ、もしかして取材を受けたときの？」

「雑誌から、取り込みました……勝手なことをして、すみません……」

「何でそんなこと」

「だって……こうしておいたら、いつでも滉一さんを見られるじゃないですか」

「……いつから？　この待ち受け」

「滉一さんの部屋で雑誌を見てすぐ取り寄せて、ですから……えーと、滉一さん？」

「あーっ、もう！　真幸、くっそ可愛い！」

あれは何月何日だったかな？　と真幸は几帳面《きちょうめん》に思い出そうとするが、何日でもいい。

とにかく出会って間もなくからずっと、自分は——正しくは自分の写真がだが、真幸とずっと一緒だったのだ。

そう思ったらとてつもない喜びに襲われて、力一杯真幸を抱きしめてしまう。

「あ、あの？　お、怒ってますか？　やっぱり肖像権的にまずかったでしょうか？」

「怒ってない！　俺の肖像権なんて真幸にやるから、早く電話しろ！　早く」

一刻も早く真幸を抱きたくなったが、無断欠勤はさせられない。早く会社に電話しろとせっつくと、真幸は困惑気味に携帯電話を手にした。

「早くって……滉一さんが邪魔したんじゃないですか……」

戸惑う顔も可愛くて、指がうずうずして悪戯せずにはいられない。体調が悪いから休みます、と嘘をつくことの罪悪感からか、しどろもどろになりながらも通話している真幸の背中を、つーっと指で撫でる。

「うっひゃ！　……って、なるくらいに、せ、背中に寒気が走りまして……とても、無理です……。明日は早出してテストの準備をしておきますから、はい。よろしく、お願いします……。滉一さん！」

何てことするんですか、と通話を終えて恨めしげに見つめてくる真幸に、体調不良を信じて貰えてよかったじゃないかと微笑む。

「真幸は俺のこと好きで、今日は一日一緒にいてくれるんだろ？　すごく嬉しいよ」

「それは……私も、嬉しいです……」

素直に喜びを伝えると、真幸も頬を染めて恥ずかしげに同意してくれる。そんなところも可愛くて仕方がない。改めてベッドへ押し倒した。

「こ、滉一さん……」

「今日は本当に、最後までやるぞ」

少々色気がないが、後からそんなことまでするんですか、なんて涙目になられて拒否されても困る。

きっぱり言い切ると、真幸は真剣な表情で頷いた。

「はい。……でもあの、お手柔らかにお願い――」

「それは無理！」

初めから逃げ腰の真幸のお願いを、言葉と唇で遮る。唇を強く押し当て、戸惑う隙を与えず歯列を割って舌をねじ込む。

「んっ！」

いきなり深い口づけを与えられ、真幸は反射的に顔を背けた。そのはずみで眼鏡がずれた。

邪魔な眼鏡を外してしまおうとしたが、滉一は思い直してきちんとかけ直させる。

「ちゃんと眼鏡掛けて。しっかり見てて」

「……何を、ですか？」

「これからすること、全部。夢じゃなくて本当だって」

滉一が、どれだけ真幸を好きで求めていたかを知って欲しい。

でも眼鏡を掛けたままではキスはしづらい。諦めて首筋に口づける。

露出している部分だけではすぐに物足りなくなって、シャツもズボンも手早く脱がせていく。

脱がせるために一時肌を離したことさえ惜しく感じて、一糸まとわぬ姿にした真幸に覆い被さる。

「滉一さん……」

どうすればいいのか分からないのか、されるがままだった真幸が、愛しげに名前を呼んで滉一の髪を梳くようにして自分の方へと引き寄せた。

「真幸！」

真幸も自分を求めている。それだけのことで一気に身体が芯《しん》から熱くなる。それでも怖がらせないよう、慎重に大切にしたくて、もう一度キスから始める。

首筋に口づけていくと、まだ少しだけ赤い痕にたどり着く。真幸がどれほど辛い目に遭ったかを想うと、胸が苦しくなる。

思わず眉間に皺を寄せた滉一に気付いたのか、真幸はそっと滉一の頬を撫でる。

「滉一さん……もう、本当にかゆくないですから」

「もう、絶対にこんな目には遭わせない。真幸の髪は俺が染める。真幸本人でも駄目だ！」

「嬉しいです！　滉一さん」

大人げないかとも思ったがきっぱり言い切ると、真幸も滉一の頭を抱く腕に力を込めてくれた。

愛しさを伝えたくて、首筋から鎖骨、肩、そして胸の小さな突起まで、甘噛みを織り交ぜながら丁寧に舌と唇で真幸の感じる場所を探っていく。

「は……滉一、さん……んっ、ん……」

恥ずかしいのか、真幸は小さく吐息を漏らすだけで声を殺す。それでも、身体の反応までは止められなくて、きちんといい場所を教えてくれる。

「真幸は、ここを触られるの好きなんだ」

「え？　そ、んっ、そんな、そんなこと……あっ」

小ぶりな乳輪ごと吸い上げ、丸くなぞるように舌を這《は》わせ、丹念に愛撫すると、小さな突起は硬く赤く色づいてくる。それを今度は指の腹で押し込むようにこねくり回すと、真幸は耐えきれないといった風情でシーツを蹴る。

奥ゆかしい仕草に煽られ、なおさらに舌は饒舌になる。

「やっ、やんっ、こ……こう、やぁっ、駄目っ！　駄目です」

「駄目とか嫌とか、ネガティブな言葉は禁止。気持ちいいとか、もっとしてとか、そそる言葉を言って」

「……フェロモン系、というやつですか？」

以前にフェロモンを出せと言われたことを思い出したのか、真面目《まじめ》な顔で質問してくる。

思えばあの頃、すでに心を奪われていたのかもしれない。

可愛いくせに壊滅的にセンスが悪くて、世話焼きで、真面目すぎてどこかずれている。こんなに滉一を振り回す男は、真幸の他にいやしないだろう。

「真幸……」

「ん……滉一さん……」

かけがえのない愛しい人の髪を撫でて名前を呼べば、うっとりと答えてくれる。指通りの悪い、まだ傷んだままの髪さえも愛おしい。

どこかずれているこの恋人に、どうすれば自分が彼だけを愛しているかを分かって貰えるか考える。

「真幸。夢じゃないから、ちゃんと見てるんだぞ」

「やっ……なんで、こんな……」

真幸の下に枕を入れて腰を持ち上げると、触れられる前からすでに勃ち上がっている性器を突き出す格好になり、真幸は恥ずかしがって顔を腕で覆い隠す。

それでもネガティブな言葉は言うまいと、口をつぐむのが嬉しい。

朝の光はカーテン越しにも部屋に広がり、真幸の輝く白い太ももを浮き上がらせる。

堪らなく淫靡な光景を、見ているだけで肌が粟立つ。

「真幸の全部が丸見えだね」

「いや……あ、違……うっ……滉一さんの、エッチ……」

ささやかな抵抗の言葉は、フェロモン系とは言いがたかったが、十二分に可愛くて、滉一を虜《とりこ》にする。

両足を大きく広げて間に入り、下から持ち上げた足を肩に担いで、さらけ出された屹立《きつりつ》を銜え込んだ。

先端から裏筋をなぞると、ひっ、と真幸が鋭い声を上げる。感じていることに満足しながら、きゅっと引き上がった袋の中の玉も、転がすみたいに手で刺激する。

「ああっ、ん！　やっ……や、ああーっ」

痛みを感じるぎりぎりのラインでこれをやられると、堪らなくゾクゾクした快感が背筋を走る。男の身体を知り尽くした滉一の愛撫に、真幸はただ喘《あえ》ぐことしかできないようだ。

やりすぎてはいけないと自制する理性は、心の隅に追いやられる。

後ろへと続く門渡《とわた》りを、舌で小刻みに刺激を与えながら進むと、ひくつく窄まりへと到達する。そこへ尖らせた舌をねじ込む。

「やっ！　あっ、駄目です！　じゃなくて……えっと……そんな、あんっ……やっぱり駄目！」

指では散々いじられたが、それでも舌は初めてだ。恥ずかしさと驚きで拒絶の言葉が零れ出るのを止められないようだ。

そんな真幸が可愛くて、痛くしないためには必要だから我慢して、と言い聞かせる。

「うっ、く……じゃ、がまん……します」

涙目で見つめられ、僅《わず》かな罪悪感が胸に走る。それを優しさに変えて、精一杯丁寧にひだの一つ一つを解すつもりで舌を使う。

ちらりと視線を上げると、真幸の硬く勃起《ぼっき》した性器から先走りの蜜が滴《したた》っているのが見えた。緊張を解すのも大切だと、真幸の気をそらすためにそちらへの愛撫も再開する。

蜜の出所を指の腹で探ると、真幸の身体がびくんと跳ね上がる。

「真幸……大丈夫。大丈夫だから、力抜いて?」

顔を上げて優しく真幸に言い聞かすと、涙目でこっくり頷く。

屹立した性器の陰から見る、羞恥と快楽に頬を染めた真幸の顔は、堪らなく淫靡だ。

もっといい顔にしたくて、顔の横にあった性器にむしゃぶりつく。

「ふぁっ!　……ふ……うっくん……あんっ、あ……」

自分の口元から湧き立つくちゅくちゅと水っぽい音に、真幸の喘ぎ声が重なると、聞いているだけでイきそうなほど耳に心地よい天上の音楽に感じる。

痛いほど反り返った自分の股間を、もう少しだけ待てとなだめ、ベッドのサイドボードにしまってあったローションを取り出す。

手のひらに塗り広げ、温めてから真幸の白い双丘の間に滑り込ます。中指を折り曲げると、解した窄まりは簡単にそれを飲み込んだ。

「あっん!　んーっ」

「真幸、力を入れないで」

「うん……うん」

中指が奥まで抵抗なく入るのを確認すると、慎重にゆっくり、浅い抜き差しでだがもう一本人差し指を入れる。

真幸は、教えたわけではないが、そうした方が楽だと気付いたのか、口を開けて荒い息を吐いている。

苦しくても拒絶せずに、受け入れようとしてくれているのが嬉しい。

「真幸……やっぱ、ここはまだ無理か」

怖がっているのが分かる、小さく震える真幸の身体に覆い被さり、気持ちいいのだけですまそうかと提案してみた。

真幸となら、身体を繋がなくても気持ちよくなれるのはもう知っているから。

「いや……無理、じゃないです。やめちゃ……いやです……滉一さんの……欲しい」

真幸にとって精一杯だろうフェロモン系の言葉は、滉一の最後の理性を木っ端微塵《こ ぱ みじん》に打ち砕いた。

「真幸っ、この……可愛すぎるんだよ！」

再び真幸の白い太ももを担ぎ上げると、窄まりにぎりぎりまで昂《たかぶ》った自分のものをあてがうと、軽く腰を進めただけでカリの部分が飲み込まれた。

「はっ……」

「あっんっ！」

二人同時に声を上げて、互いの身体が繋がったことを感じ合う。

「ま、ゆき……」

「滉一、さん……中……入っ……んんっ」

震える白い太ももに口づけると、真幸の身体が跳ねて、繋がりが解けそうになる。離れたくなくてつい腰を進めてしまうと、途中まで一気に突き入れてしまった。

「ああっん！　く……」

「悪い！　真幸っ」

慌てて引き抜こうとしたが、真幸は苦しげに眉を寄せながら、それでも首を横に振る。

「やめない、で……滉一さんを感じて……嬉しい」

「俺が、中に入ってるの……真幸の中にいるって、分かる？」

そろそろと腰を持ち上げ、繋がっている部分が真幸にも見えるようにすると、真幸は恥ずかしそうに頷いた。

「滉一さんが、夢の中じゃなくて……私の、中に……」

「そうだ。真幸の中に……もっともっと入るよ」

「ふあ……は、は……っ」

小刻みに腰をくねらせ、ゆっくりと押し進める。

さすがに苦しそうな息づかいになる真幸の意識が少しでも痛みからそれるよう、くったり萎えた前への愛撫を加える。

優しく手のひらで撫でて可愛がると、すぐに脈打ち元気を取り戻していくのが嬉しい。

「滉一、さ……それ、気持ち、いい……気持ちいい……です」

うっとりとした声ですすり泣く。涙を湛えた瞳が、色っぽくってぞくりとする。

その刺激で、真幸の中に収めたものがさらに大きくなってしまって、申し訳ないが止められない。

「きつい……痛いか？」

「だいじょ、ぶ……滉一さんが、ちゃんと、いっぱい……慣らしてくれたから」

「真幸……」

涙声で、眉間に皺を寄せながら、それでも真幸は微笑もうとする。

こんなにも、自分を制御できなかったことはない。初めての真幸を気遣わなくてはならないのに、真幸の方に気遣われている。

愛しくて愛しくて、その想いを込めて、滉一ゆっくりと抜き差しを始めた。

「あんっ、んっ……い、いい……滉一さん」

「真幸……もっと、名前、呼んで」

真幸に名前を呼ばれるだけで、媚薬《びやく》を注ぎ込まれている気分になる。

熱く緩んできた内側にうねるように包まれて、もうイきそうなのにイけない。もっともっと愛したいと腰を振り続ける。

「あっあ……滉一さんっ、こう、いち……いっ」

浅く深くひたすら突かれて、もう絶頂が近づいたのか、真幸は首を反らし、背中をしならせる。

「真幸……」

「ああああっ、滉一さんっ」

「くっ……真幸!」

自分の名前を呼んで果てた真幸の白い体液が、真幸の顔まで飛んで、眼鏡にもかかる。

自分の精液にまみれて恍惚《こうこつ》の表情を浮かべる、真幸のその淫猥《いんわい》すぎる光景に、滉一も腰を震わせて最奥まで突き入れて果てた。

果てて尚、名残惜《なごりお》しくて、自分の出したものを真幸の中に馴染《なじ》ませるみたいにゆるゆる腰を使いながら真幸の身体に覆い被さる。

「……う、ん……」

「すごい……こんなに飛んじゃったね」

眼鏡や頰にかかった真幸の精液を舐め取ると、ぼうっと余韻に漂っていた真幸の意識が覚醒したのか、胸を押し戻される。

「やっ、だ……な、何してるんですか！」

「わっ！」

押されたはずみで、せっかくの繋がりも解けてしまった。真幸の熱を感じていた性器が外気に晒され、その寂しさに身震いする。

真幸も喪失感を覚えたのか、小さく声を上げて身体を震わせた。

「何って、真幸は俺のものなんだから、真幸のものも俺のものだ」

舐めて何が悪い、と開き直ると真幸は戸惑いに視線をさまよわせる。

「だって……じゃあ、滉一さんは私のもの、ということにしてしまっていいんですか？」

可愛すぎる反撃に、一気に力が抜ける。

「滉一さん？　しっかり！」

つい思い切り真幸の上にのしかかってしまうと、抱き留めた上に心配までしてくれる。

愛しい人のぱさついた髪に顔を埋めると、これ以上はなく幸せな気分で満たされる。

「いいに決まってるだろ。俺は、真幸だけのものだ」

「滉一さん……」

髪を撫でると、嬉しそうに自分からも抱きついてくる真幸を、滉一は強く抱きしめた。

腕の中で微睡む真幸を眺める幸せに浸っていると、真幸は滉一に少し疑わしげな視線を向けた。でも、この視線の意味は、本当に夢じゃないんだろうかと不安がっているのだろう。

現実感を与えようと、頬に優しく口づける。

「ちゃんと、夢じゃないって分かってる?」

「はい……だって、お尻が痛いですから」

ロマンチックな雰囲気を蹴散らすストレートな発言に、申し訳なさよりおかしさを感じてしまう。

でも真幸は初めてだったのに、つい夢中になって奥まで深く繋がってしまった滉一が悪い。

「悪かった。ごめんなさい。反省します」

苦笑いを浮かべながらも真幸の腰を抱き寄せ、背中にお尻にそこら中をマッサージするようになで回す。

くすぐったそうに微笑むくつろいだ様子は、初めて会った日のおどおどしっぱなしだった真幸からは想像もつかない可愛さだ。

あんまり可愛くてじっと見つめると照れたのか、もう大丈夫です、と身体を起こそうとした。だがやはりまだ痛むのだろう、ベッドに沈み込んだ。

無理するな、と真幸を寝かしつけて肩まで布団をかけてやると、幸せそうに微笑まれて、滉一も幸せに溶けてしまったみたいに真幸の上にのしかかる。

「真幸。今日は俺がご飯作るし、他にも何でもしてやるぞ。何がして欲しい?」

「そんな……大丈夫ですから。滉一さんこそ、お疲れでしょう？」

「俺は平気。俺は、恋人はメロメロに甘やかしたいタイプだから、やらせてくれよ」

「あんまり甘やかされると調子に乗って、滉一さんにわがままを言ってしまうかもしれません」

申し訳なさそうに言われた言葉に、小悪魔のわがままを訊くのが好きな滉一の血が一気に騒ぐ。

「わがまま……聞きたい！　真幸のわがままを聞いてみたい！」

「え？　えーと、そんな突然言われましても……」

今言え、さあ言え、すぐに言え！　と詰め寄る滉一に、真幸がどん引きしているのが分かったが、期待に胸が震えてどうしようもない。

わくわく見つめていると、しばし考え込んだ真幸が、意を決したように顔を上げた。

「そ、それでは、言います。今度の休みの日は一緒に出かけ……いえ、デートしてください！」

「うん。……で？」

それのどこがわがままだと真剣に詰め寄る滉一に、真幸はムキになって反論してくる。

「だって、滉一さんはお忙しいから休日はのんびりしたいだろうに、それを一日付き合って欲しいとか、十分わがままじゃないですか！」

「いや、それ普通。恋人同士なら断然普通」

もっとちゃんとしたわがままを言えと催促すると、真幸は必死に考え込む。

「じゃあ、えっと……男同士で遊園地！　はどうでしょうか？」

「おお。それはちょっとわがままかな」

いい大人が男二人で遊園地。なかなかに人目を引いて気まずい思いをしそうだけれど、それ以上に楽しそうだ。素晴らしいわがままに満足する。

「じゃあ、今度の休みは遊園地な」

「ええ？　本当ですか？」

「真幸は、観覧車でキスとかしたいんだろ？」

おでこをくっつけて訊ねると、図星だったのか真幸は目を見開く。

高校時代、彼女と遊園地に行って観覧車に乗るところまでは達成したが、キスまではたどり着けなかった。長年の夢だったが、もう叶《かな》うことはないと諦めていたという。

「何で分かったんです？　……滉一さんってば、やっぱりエスパーなんじゃないですか？」

そうじゃないと説明がつかない、と頭を抱える真幸が可愛すぎて声を立てて笑ってしまう。

「真幸の考えてることなんてお見通しだよ。――恋人だから」

「こ、恋人だから……？」

「恋人だから！」

「す、すみません！　私は滉一さんが何を考えてるのか分かりません！　ごめんなさい。恋人のくせに」

　修行が足りなくてすみませんと謝る真幸が、おかしくて可愛くて、ぎゅっと抱きしめてしまう。

「いいんだ。真幸は誰より俺のことを考えてくれてるって分かってるよ」

　滉一の背中に腕を回して、自分からも抱きついてきた。

「嬉しいです。滉一さん」

「真幸……真幸がしたいことで俺が叶えてやれることは、全部叶えてやる」

　何でも言ってみろと優しく促すと、真幸はまた首をかしげて考え込む。

「じゃあ……今夜は、エッチなことしないで一緒に寝たいです」

「そんなに……嫌、だったか……」

「ち、違います！　嫌だったからじゃなくて、手を繋いで眠りたいんです。昨夜みたいに！」

　もうセックスしたくないという意味か、とショックで目の前が真っ暗になったが、誤解だったようで落ち着きを取り戻す。アレルギーの痕をかかないように、手を握って寝た夜のことを言っているらしい。

「手を繋いでいただけだったのに、あの多幸感は、身体ごと繋がった今朝とはまた違って、心の繋がりを強く感じて気持ちよかったんです」

　そう言って貰えるのは嬉しいし、あれは滉一にとっても幸せな時間だった。しかし今は心と身体、両方の繋がりが欲しい。

「そのわがままは却下！」

「ええーっ」

何でもしてやると言った舌の根が乾かぬうちに提案を棄却するのは気が引けたが、無理なものは無理だ。本当は、今だって一度ならずや二度三度、と挑みたいのを初心者な真幸のためを思って我慢しているのに。

しかし真幸はむくれて口を尖らせる。こんな表情は、初めて見た。これから先、もっと他にどんな顔を見せてくれるのか楽しみになる。

「してから、手を繋いで寝れば一緒だから！」

「……そうでしょうか？」

疑わしげで、だけどどこか甘えを感じる眼差しに、胸の鼓動が速まる。

「痛くしないし、真幸が嫌って言ったらすぐやめる。だから、な？　何なら触るだけで入れないし！　いや、でも入れるのは……入れたいし……いや、でも今夜は触るだけにした方がいいよな。けど、触るのも駄目ってのは無理だしっ」

こんなに必死になってセックスしたがるなんて、我ながら格好悪いと思う。

だけど真幸には格好いいところも悪いところも、すべて見せたい。

夢ではなく、現実に恋して欲しいから。

触るだけでもっ、と拝み込んで真幸を見上げれば、真幸はくすりと肩をすくめて笑う。

「じゃあ、それでいいかな……でも、本当にちゃんと手を繋いで寝てくださいね！」

こんな風に、と指を絡めて手を握り、上目遣いで見つめてくる。

まだ遠慮が見えるけど、精一杯わがままを言おうとがんばっているらしい真幸が、可愛くて仕方がない。

夢みたいに幸せな気分で、滉一は目の前の恋人を抱きしめた。

夢を叶える魔法をかけて

「現実って……儚《はかな》いものですね……」

冷たい窓におでこをつけて、真幸は厳しい現実に打ちひしがれる。

夢を現実にすべくがんばろうと、顔を上げて歩き出したとたんに電柱に激突した気分だ。

「そこまで大げさに言うことないだろ」

苦笑いする滉一《こういち》の言葉はもっともで、この程度のことでそんなに落ち込むべきじゃないと思う。だけどそんな気持ちも、非情な雨が押し流していく。

真幸《まゆき》は、窓の外でしとしとと降り続く雨に、恨みがましい視線を向けた。

滉一の休みに合わせて有休を取るため仕事に精を出し、楽しみにしていた遊園地デート。なのにそんな日に限って雨だなんて。

だけど、土砂降りで閉園というほどではないと気を取り直す。

「雨の遊園地って、人が少ないからいいかもしれませんよね」

「でも観覧車はどうする？　どんよりした背景をバックにキスじゃ、真幸の夢からはほど遠いだろ」

青い空、光る雲。そんな景色に囲まれたゴンドラの中でキスしたら、きっと空に浮かんでいる気分になれるに違いない――なんて夢想していた。それを見透かしたみたいに言われて、真幸の心に滉一エスパー疑惑が再浮上してくる。

だけど、くだらないと一蹴《いっしゅう》されても仕方がない真幸のちっぽけな夢を、理解してくれる滉一の気持ちが嬉《うれ》しい。それだけで心が満たされて、滉一と一緒に行けるならどこでもいいと思えた。

「じゃあ遊園地は諦めて、映画館か、ショッピングモールにでも行きましょうか」

「駄目だ！　せっかくの初デートなのに、そんなありきたりなの」

「……滉一さん」

その言葉に、滉一も『初デート』を楽しみにしてくれていたんだと嬉しくなって、曇り空から光の矢がいくつも降りてきたみたいに心がきらめく。

「そうだな……室内型のテーマパークなんてどうだ？　真幸もきっと気に入るぞ」

そんな施設がこの辺りにあるとは聞いたことがない。だけど滉一は、観覧車はないけどブランコとかいろいろ楽しい物がある場所がすぐ近くにあるという。

こんなに楽しそうに勧めてくれるからには、きっと素敵な所に違いない。

心を弾ませ、久しぶりに運転するという滉一の車に乗って出発した。

――だがたどり着いた目的地に、真幸は今日の空模様以上に表情を曇らせた。

「……滉一さん……室内型テーマパークって、言いましたよね？」

「言ったさ。ラブホは大人の遊園地だ！」

こう堂々と言い切られると、反論の言葉が見つからない。滉一は絶対に楽しめる物があるからと言うけれど、ラブホテルなんてエッチなことをする以外に何があるのか。

訝《いぶか》りつつも、ここまで来てしまったのだしという諦めと、どんな場所なのかという好奇心に背中を押され、真幸は生まれて初めてラブホテルへと足を踏み入れた。

普通のホテルのようなフロントはなく、従業員と顔を合わせずにすむようロビーでパネルを見て部屋を選ぶシステムになっていたのに、少し気が楽になる。

すべて滉一任せで、真幸は初めてのラブホテルの内部をきょろきょろ見回す。

白い猫足の台座の上の花瓶には花が飾られ、味気ないビジネスホテルよりずっといい。リゾートホテルみたいな明るい雰囲気の内装に、ちょっとした旅行に来た気分になってわくわくしてくる。

「さ、どうぞ」

「わあ……」

エレベーターで最上階まで上がり、滉一が開けてくれた扉の向こうに広がる部屋に、思わず感嘆の声が漏れる。

大理石風の白い床に、シックな黒のソファとカーテン。五〇インチはありそうなテレビ。大きなベッドには、天蓋《てんがい》みたいな白い布が垂れ下がっていた。

こんなにお洒落《しゃれ》で豪華な部屋は、テレビか雑誌でしか見たことがない。

もっと狭くて全体がピンク色で、丸い回転ベッドにふりふりのついたシーツが敷かれていると思っていた。そう言うと、いつの時代のラブホだと笑われた。

「ルームサービスも充実してるし、カラオケもあるぞ」

「そんなものまであるんですか」

「ブランコや滑り台なんかがあるラブホも、本当にあるんだぞ」

ラブホテルの良さをアピールして真幸を楽しませようとしてくれたのだろうけれど、こういう場所についてよく知っているというのは、遊び慣れている証拠としか思えない。

せっかくの心遣いに対して申し訳ないが、眉間《みけん》に深々と皺《しわ》が寄る。

「――ずいぶんと、詳しいんですね」

「と、友達から聞いた話だ！」

滉一は慌てて言い訳してきたが、こういう場合の友達とは、大抵本人のこと。そう思ったが、今更言っても仕方がない。滉一が、昔は遊んでいたと知った上で好きになったのだから。

自分と知り合う前のこと。そう割り切ろうとしても、沢山の人と、こんな場所であんなことやそんなことをしたんだろうなんて、想像したら胸の奥がちりちりと痛んだ。

「これって……」

以前から、不整脈や胃の痛みかと思っていた、身体《からだ》の不調の原因に気付く。

ずっと前から、自分は久保田《くぼた》ではなく滉一のことが好きで、だから滉一のことでときめいたり嫉妬《しっと》したりして、胸がどきどきしたりじくじくしたりしていたのだ。

今更それに気付いて、鈍すぎる自分に呆《あき》れてしまう。

「真幸？　……怒ってんのか？」

「いえ。あの、でも……もう、他の人とこういうホテルには行かないでくださいね」

二度とこんな胸の痛みは感じたくなくて頼み込むと、滉一は当たり前だろうと真幸の両腕を摑《つか》み、真剣な表情で向き合ってきた。

「おまえ以外とは、もう絶対に来ないよ！　滑り台のホテルにも、本当に行ったことないって！」

「ここには、来てたんですね」

「……この部屋は、初めてだ。ただやるだけに、こんないい部屋は取らないって！」

「そうなんですか？」

やけに豪華な部屋だと思ったら、スイートルームに該当する部屋だったらしい。ラブホテルにも、そんな部屋の格付けがあるとは知らなかった。

「真幸だから、この部屋を選んだ。ここには真幸が絶対に楽しんでくれそうな物があるから」

「私が、好きそうな物……ですか」

――自分だけが特別で、楽しませようとしてくれている。

過去はどうあれ、今の滉一は自分だけのもの。優しい眼差《まなざ》しで見つめられると、そう信じられた。

笑顔を見せると安心したのか、滉一はちょっと待ってろ、と奥のバスルームらしき部屋へ引っ込んだ。すぐに戻ってきたが、奥へ入るのは少し待てとベッドに座らされる。

その間に、テレビを使ってのルームサービスのオーダー方法など、真幸が興味を持ちそうな設備の説明をしてくれた。

「真幸！　もういいぞ」

しばしの時間つぶしの後、ようやく招き入れられた広いバスルームを見たとたん、真幸はその場に立ちすくんだ。

あいにくの空模様も、楽しく眺められそうな大きなガラス張りの天井に、ゴールドに輝く美しい間接照明。そして、何より目を惹く、二人で足を伸ばして入っても余裕なサイズの大きなバスタブ。ここにお湯を張る間、待たされたのだ。

しかもそのバスタブに入っているのは、ただのお湯ではなかった。

「すっごい！　これっ、これって、本当に泡風呂《あわぶろ》ですね！」

海外のドラマや映画で見て憧れた、お湯が見えないほどもっこもこの泡で覆われたバスタブに、一気にテンションが上がる。

以前、何かのお土産《みやげ》で泡風呂ができるという入浴剤を貰《もら》い、わくわくして湯船に入れてみたが、説明書き通りにしたはずなのに、少し泡立った程度でがっかりした。

これこそ、自分が憧れた泡風呂だ。

「ここまで泡を立てるには、入浴剤だけじゃなくジェットバスでなきゃ無理なんだよ」

だから、大きなジェットバスがあるこの部屋を選んでくれたのだ。

滉一にこんな話はしたことがないのに、真幸ならきっと泡風呂を喜ぶと思ってくれた気持ちが嬉しくて、どこまでも舞い上がってしまう。

すごいすごい、と手を突《つ》っ込んで泡をすくって遊んでいると、滉一が背後からそっと肩に手を置いてきた。

「ほら、一緒に入ろう」

「え……あ、だ、だって……」

お風呂なんだから入って当然だし、恋人同士だから一緒に入るのも当然。何により、もう何度も一緒に入っているんだから、恥ずかしがる方がおかしい。

頭の中ではそう理解しているはずなのに、やっぱり戸惑ってしまう。

まだ昼前だし、天井が窓だから飛行機が上を飛んだら見えちゃうんじゃ、なんてあり得ないことまで頭に浮かんでぐるぐるしてしまう。

でも真幸が恥ずかしがれば恥ずかしがるほど、滉一は喜ぶ。

「どうした？　俺が脱がせてやるよ」

「……滉一さんのエッチ！」

「わっぷ！　何だ真幸、俺がエッチって知らなかったのか？」

ささやかな抵抗、と手にすくった泡を滉一の方に飛ばせば、まともに顔に食らった滉一は、仕返しとばかりに、わざと真幸がくすぐったがるよう、脇腹や内股をさわさわ触りながら脱がせてくる。

「やだ！　もう、自分で脱げます！」

端から見たら、バカップルそのもののやり取りが楽しい。人目を気にせずはしゃげて、貸し切りの室内型テーマパークも悪くない、むしろ最高と思えた。

お互い自分で脱いだ方がよほど早かっただろうというほどじゃれ合いながら服を脱ぎ、憧れの湯船にそっと足を差し入れてみる。

ふわっとした温かい泡が、くすぐったい。どこまでが泡なのかと訝りながら進むと、ようやく足先にお湯を感じる。座ってもお湯は腰の辺りまでしかなかった。

「すごい！　本当に泡だらけなんですね！」

肩までお湯に、ではなく泡に浸かる。お湯よりずっと肌触《はだざわ》りが優しい泡に包まれて、綿雲に入り込んだ気分になった。

両手で泡をすくい、ふっと吹き飛ばすと、ふわりと落下する。水しぶきとはまったく違う泡が面白くて、馬鹿みたいに何度もくり返してしまう。

だけど滉一は、そんな真幸を笑ったりせず、優しい目で見つめてくれる。

「気持ちいいか？」

「はい、とっても！」

真幸のすぐ隣に身体を沈めた滉一が、肩に腕を回してくる。泡とは違う、確かな温かさを感じる身体にすり寄る。

二人してふわふわの泡でお互いの身体を洗いっこする。そんなことがとても楽しい。

「そういえば、夢精したときの夢でも、こんな風にお風呂に入ってたんですよね」

「夢精って……それは……」

つい浮かれてぽろっと言ってしまったが、口に出した瞬間に自分でも失言だったと自覚する。恋人と楽しく過ごしているときに、以前の想い人のことを話題にしてしまうなんて。

顔を引きつらせて何とも言いがたい表情をしている滉一に、夢の話ですと必死で言い繕う。

「も、もちろん、夢の話ですし、それに、こんなにいいお風呂じゃなくて、古くて小さな湯船で、ただ浸かってただけ……でした、けど……」

「ここでそんなこと思い出すな！」

「はい！　すみませんでした！」

滉一が自分に焼きもちを焼いてくれるなんて、すごく嬉しかったが、喜んでいる場合ではない。

素直に謝って頭を下げると、泡の中に思いっきり顔を突っ込んでしまった。

「……うぷ……」

情けない失態に、自己嫌悪に陥りつつゆっくり顔を上げると、泡まみれになった真幸の顔を見て、滉一は一気に吹き出した。

「あ、あははは っ——あー、俺といるときに、俺以外の奴《やつ》のこと考えるのは禁止だ！　いや、いないときでも駄目」

厳しい言葉も、笑いながら言われると迫力がない。だけどもう絶対に話題にしないし、考えませんと誓って許して貰った。

「きれいな髪に戻って、よかったな」

泡だらけになった顔を拭ってくれた滉一は、そのまま真幸の髪を指で梳《す》く。

トリートメントにパックにと、滉一はせっせと手入れして傷んだ真幸の髪を治してくれた。

滉一の美しい指先に髪をなぶられる心地よさは、相変わらず真幸をうっとりとさせる。

「滉一さんのおかげです。滉一さんがいないと、私は全然ダメダメなんですから」

「ああ。もう二度と、真幸を一人にはしない」

優しく抱き寄せられて髪に口づけられると、アレルギーを起こしたときの辛《つら》さなんて、泡より儚く消えていく。

それからはもう、他の人のことなんて思い出しもしないくらい、楽しく二人でじゃれ合うことに専念した。

「真幸……大丈夫か？」

口元に運ばれるスポーツドリンクを、二口ほど飲んでほっと息をつく。

風呂場のマットの上に、腰にタオルを巻いただけの姿で横たわった真幸を、バスローブをまとった滉一が心配そうに覗《のぞ》き込む。

そろそろ上がってベッドへ行こうと誘う滉一に、もうちょっと、あと少し、と泡風呂で遊び続けた真幸は、すっかり湯あたりしてしまったのだ。

「一番のお楽しみを前に、これかよ……」

口ではそんなことを言いつつも、ラミネート加工されたメニュー表でぱたぱたと真幸を扇《あお》ぎ続けてくれている。優しい滉一の気遣いに、具合の悪さなんて吹き飛んでいく気がした。

「もう……大丈夫ですから」

滉一に手を貸して貰いながら起き上がると、まだ顔は熱かったが頭のふらつきはずいぶん治まっていた。

「本当に？」

まだ赤いのだろう顔を手のひらで触れて様子を見てくれる。その手の優しさに感謝を込めて、自分の手を重ね、口元へ導きキスをする。

「真幸……」

「本当に、もう大丈夫です。……大丈夫ですけど……お腹《なか》が空《す》きました」

気分が治ると、お腹が空いていることに気がついた。

もう昼時だろうと空腹を訴える真幸に、ここまできてさらにお預けはないだろう、と滉一は食い下がってくる。

「滉一さんは、私にわがままを言えって、言ったじゃないですか」

「真幸。それはわがままとは言わない。無慈悲な生殺しだ！」

……悪魔だ、やっぱり小悪魔じゃなくて悪魔だ、とぶつぶつ呟《つぶや》く滉一のなんだか怯《おび》えた表情が怖い。

こんなに必死になってセックスしたがるなんて、これが滉一の格好悪いところというやつなのかも、と思う。でもそこまで必死に求めてくれることは嬉しくて、嫌いになんかなれるはずない。むしろもっともっと好きになった。

「――まあ、腹が減ったもんはしょうがない。何が食べたい？　ピザに、ステーキなんかもあるぞ」

滉一はひとしきり落ち込むと気が晴れたのか、実のところ滉一もお腹が空いていたのか。さっきまで真幸を扇ぐのに使っていたメニュー表を見せてくれた。

やっぱり滉一は格好いいだけじゃなく優しくて、真幸にとっては最高に素敵な人だ。メニューを見る振りで滉一の腕に縋《すが》り付くと、そっと肩を抱いてくれる。

「滉一さんは、何が食べたいですか？」

「……おまえ、それを訊《き》くか？」

何故《なぜ》だか苦笑いしながら見つめられ、首をひねる。

「俺の食いたい物は、真幸が食べたい物を食べてからいただくんで、気にするな」

「食後のデザートメニューもあるんですか」

「ああ！　クールでホットな最高のデザートがあるから、楽しみだ」

本当に舌なめずりしそうな滉一の表情が、蠱惑的《こわくてき》すぎて見とれそうになる。だけどこのままなし崩しにエッチな流れになるのは嫌だ。せっかくの初デートなんだから、お腹も満たされもっと気分も盛り上がってからがいい。

気分を変えようと、メニューに意識を集中させる。

「ピザもいいですけど、パスタも美味《おい》しそうですね」

メニュー表を見ていくと、下の方にデザートも載っている。滉一が食べたいのはパフェなのか、それともケーキか。

そう考えていて、誕生日のケーキの残りを食べ損ねたことを思い出す。

後日、あれはどうしたのか訊くと、滉一は『泣きながら一人で食べた』なんて言っていた。泣いたなんて冗談だろうけれど、そんな風に言ってくれて申し訳ないより嬉しいと感じた。

あのケーキのリベンジに、今日こそは滉一とデザートを半分こにして食べたい。

「デザート、楽しみです」

「ああ。俺も」

テレビオーダーを使って注文をすませると、料理が来るまでしばしくつろぐ。

「……雨、やんでるみたいだから、飯食ったら観覧車に乗りに行くか？」

「え？」

ガラス張りの天井を見上げる滉一に倣って空を仰《あお》ぐと、いつの間にか雨はやみ、雲の切れ間に青空が見え隠れしていた。

「雨上がりの空はきれいだぞ。それに、夕日を眺めながらもいいし、夜になったら観覧車はライトアップもされるはずだ」

夕焼けに染まる観覧車に、星空に浮かぶ観覧車――その中で滉一とキスするなんて、想像しただけで転がり回れそうなほど幸せな光景にめまいがする。

「でも、何回乗るんですか？」

「何回でも。真幸の気がすむまでだ」

くらくらしつつ訊《たず》ねると、滉一はさらりと言ってのける。

だけど、あんなにエッチなことをしたがっていたのに、それはいいのかと心配になる。

「そりゃしたいけど！　……今日は、真幸のしたいことをしてやるって約束だったからな」

「滉一さん……」

幸せで骨まで蕩《とろ》けてしまったのか、ふにゃりと身体の力が抜けて滉一の肩にもたれかかれば、ぐっと抱き寄せてくれる。

素晴らしい提案に、心を持って行《い》かれそうになったけれど——

「遊園地は、また今度でいいです」

「でも——」

「今日は……このままここに泊まりたいって、わがままを言ってもいいですか?」

「真幸……」

真幸のためなら自分の欲求すら後回しにしてくれる、そんな恋人と一緒にいられる以上の幸せなんてないだろう。

夢より素敵な現実に浸りたい。

星空を眺めながら、二人っきりの夜を満喫したい。そう甘えてみると、滉一は優しく抱きしめてくれる。

「いいぞ。もっとどんどんわがままを言えよ。真幸の夢は、全部俺が叶《かな》えてやるから」

魔法みたいに夢を叶えてくれる恋人に、次はどんなわがままを言ってみようか。

真幸は優しい恋人の腕の中で、考えを巡らせた。

あとがき

初めまして。もしくはルチル文庫さんでは二度目のこんにちは。念願の眼鏡受けが書けて、幸せ一杯の金坂です。

可愛い眼鏡受けも、クールな眼鏡攻めも、どっちもいいよね。と見境なく眼鏡萌えしています。

挿絵の指定でも「ここは眼鏡ありで、こっちはなしで！」とこだわりまくり、担当さんと神田猫先生に多大なるご迷惑をおかけしてしまい、大変申し訳なかったです。

しかし、出来上がったイラストの眼鏡真幸の可愛さを見て、わがままを言って良かった！と思ってしまいました。神田先生、タンポポの綿毛気分でふわふわ飛んでいけそうな、素敵なイラストをありがとうございました！

近所の美容院で勃発した、老舗と新規店の仁義なき戦いを元ネタにしようとしたはずが、ただのバカップルが誕生するまでのお話になってしまい、こんなはずでは……と思いつつ、書いていてとても楽しかったです。

読んでくださった方も、少しなりとも楽しんでいただけましたなら幸いです。

二〇一五年　三月　沈丁花の香る頃　金坂理衣子

✦初出　その指先で魔法をかけて…………書き下ろし
夢を叶える魔法をかけて…………書き下ろし

金坂理衣子先生、神田 猫先生へのお便り、本作品に関するご意見、ご感想などは
〒151-0051 東京都渋谷区千駄ヶ谷 4-9-7
幻冬舎コミックス　ルチル文庫「その指先で魔法をかけて」係まで。

幻冬舎ルチル文庫

その指先で魔法をかけて

2015年4月20日　　第1刷発行

✦著者　金坂理衣子　かねさか りいこ

✦発行人　伊藤嘉彦

✦発行元　株式会社 幻冬舎コミックス
〒151-0051 東京都渋谷区千駄ヶ谷 4-9-7
電話 03(5411)6431［編集］

✦発売元　株式会社 幻冬舎
〒151-0051 東京都渋谷区千駄ヶ谷 4-9-7
電話 03(5411)6222［営業］
振替 00120-8-767643

✦印刷・製本所　中央精版印刷株式会社

✦検印廃止

ISBN978-4-344-83432-3　C0193　Printed in Japan